ひとたび剣を握れば幾十人に囲まれようとも、微塵もひくことなく、たちどころに修羅の剣舞を見せる着流しに二刀を帯びた貴公子。彼が懐手でゆったりと御所を訪ねても、警護厳しい御門は決して拒むことはない。

写真・文／編集部

着流しの貴公子には、遠い記憶があった。しとやかな大勢の女たちに囲まれ、この高貴なる殿舎の内で学び、外で遊んだ記憶が。ある日、殿舎の前の木陰に座って掌に丸虫をのせて遊んでいると、殿舎から現われた男の御人が近寄って来て、幾度も幾度も頭を撫でて下さった。ふと気が付くと、貴公子は美しい母と二人で『紅葉屋敷』で暮らし始めていた。

摂家筆頭の近衛家の者と雖も、着流しに二刀を帯びたその貴公子に出会えば思わず頭を下げる。京では『紅葉屋敷』と呼ばれているその美しい屋敷に母と二人で住む貴公子を、ある日、大変に高貴なお立場の人物が、お訪ねになられた。その高貴なお立場の、御人とは？……。

徳間文庫

ぜえろく武士道覚書

斬りて候 下

門田泰明

徳間書店

目次

第八章

一

政宗が、正三位大納言・六条広之春に見送られて仙洞御所をあとにしたのは、亥ノ刻（およそ午後十時）を過ぎた頃であった。六条広之春は仙洞御所付の公家侍を三人、警護と提灯持ちとして付けようとしたが、政宗は断わって提灯だけを受け取った。

法皇や大臣、参議たちにすすめられて、かなりの酒を口に運んだが、脚にふらつきはなかった。

が、かなり気持よく酔っている、と政宗は思った。夕膳の前に六条広之春が案内してくれた仙洞御所内の光景の一つ一つが、脳裏でいまだ鮮明だった。決して豪奢贅沢な御殿ではなかった。優美典雅で質実であり、設計造営に携わった者の〝知の結晶〟が随所できらめいていた。そしてそのことに、なによりも安堵した政宗だった。

仙洞御所を手がけたのは、造営時に普請奉行であった従五位下・小堀遠江守

政一（まさかず）（通称小堀遠州、遠州流茶道の祖。一五七九年～一六四七年）である。わび、さび、の**作庭家としても、余りにも高名**な人物だ。

仙洞御所が今の地に、**〝後水尾天皇譲位後の住居（すまい）として〟**小堀遠州の手で造営され始めたのは、寛永四年（一六二七年）のことである。

後水尾天皇が、諸事に圧迫干渉を加える徳川幕府の姿勢に憤って突然退位したのが寛永六年（一六二九年）十一月。このとき仙洞御所はまだ出来上がっていなかった。

完成は退位一年後の、寛永七年（一六三〇年）十二月である。

政宗は紅葉屋敷を目指し、足元提灯の明りを頼りに、漆黒の通りを心地よく歩いた。そよ吹く秋の夜風が、酒で火照（ほて）った体に気持よい。

月は雲に遮られている。星屑（ほしくず）のまたたきも見られなかった。提灯の明りがあるとは言え、真っ暗闇（くらやみ）の隧道（ずいどう）（トンネル）を、歩いているようなものだった。通りに立ち並ぶ大抵の町家は、夜の明りを点す余裕などはないから、家々の明りが通りへ漏れることなどは先ずなかった。日が沈むと一般の町人は、暗い部屋の中でごろりと横になるか、女房（かかあ）相手に子づくりに励むしか、やることがない。

その闇に向かって、政宗の声が粛々と流れた。

〽廬を結んで人境に在り（結廬在人境）
〽而も車馬の喧しき無し（而無車馬喧）
〽君に問う　何んぞ能く爾るやと（問君何能爾）
〽心遠ければ　地自から偏なり（心遠地自偏）
〽菊を采る　東籬の下（采菊東籬下）
〽悠然として南山を見る（悠然見南山）
〽山気　日夕に佳く（山気日夕佳）
〽飛鳥　相与に還る（飛鳥相与還）
〽此の中に真意有り（此中有真意）
〽弁ぜんと欲して已に言を忘る（欲弁已忘言）

中国・東晋時代の大詩人、陶淵明（三六五年〜四二七年）の「飲酒　其五」であった。
政宗が最も好んでいる詩である。

と、彼の歩みが、止まった。穏やかな止まり方であった。紅葉屋敷まで半ばの辺りまで来た所である。

「この闇のかたちは、と……」

闇にかたちなどがあるのかどうか、政宗は呟いて周囲の闇を見まわした。

「あれは確か、寿命院……」

何処にその寿命院（当時、上京区西洞院通に実在）が見えているのか、政宗は再び歩き出した。

すると、政宗から暫く遅れて、夥しい数の気配が音立てず滑るように動き出した。一寸先見えぬ闇の中に、提灯の明り一つ無い。

その数、二十か。いや三十を超すか。

政宗は開いたままの山門を潜って、広大な境内へ入っていった。寿命院の隣の区画には、石見・津和野の亀井氏京屋敷が寺に背を向けるかたちで、しわぶき一つなく闇の中に沈んでいる。

政宗は、木立の奥へ進んだ。ときに散策で訪れる寺であったから、勝手は心得ていた。この寺も、モミジがことのほか美しい。

降り積もった落葉が、政宗の雪駄の裏に優しかった。

夥しい数の気配も、山門を潜った。寿命院は、自ら寿命を絶とうとする者を朝昼夜の別なく温く迎える寺として知られ、山門の扉をほとんど閉ざしたことがない。

政宗は本堂の裏手にまわり、宝物殿の脇を抜け、庫裏の前までできて、ようやく足を止めた。

庫裏は凹字形の回廊で、本堂と結ばれていた。その庫裏から回廊につながる位置の壁面に、畳半分ほどの一枚板と小槌がぶら下がっている。

政宗は提灯を左手に、小槌を右手に持って、一枚板を乱打した。

亥ノ刻を過ぎた寺院に、その音が響きわたって、たちまち庫裏にざわめきが広がった。

政宗が振り返って提灯を足元に置いた所へ、闇の気配が津波の如く押し寄せ、彼の前でピタリと鎮まった。吐息ひとつ聞こえない。

住職、修行僧、小僧らが何事かと、庫裏の暗く長い廊下を小走りにやってきた。

「これは政宗様……」

足元の提灯の明りで松平政宗と判って、住職が驚いた。政宗とは将棋を楽しみ時には般若湯（酒）を酌み交わす間柄だ。

「和尚、このような刻限に御迷惑をお掛け致し申し訳ない。私の目の前、八、九間（約一五、六メートル）の闇に怪し気なる有象無象が牙を研いで潜んでござる。庫裏表、回廊に急ぎ松明、提灯をともし、私の姿形をそ奴らに、よっく見せてやって下されい」

「そ、それはまた……」

住職の指示で、僧侶、小僧らが慌てて動き出した。

政宗は二歩踏み出しつつ、腰の粟田口久国を鞘から抜き放った。

闇の中で、吐息ひとつなかった気配が、はじめてザッと地を滑り鳴らし一斉に退がる。

政宗の背後にいた住職が、その気配をようやく捉えて「これは大変なことに……」と踵を返そうとするのを、「和尚……」と政宗が静かに制した。視線は闇の中の気配へ向けたままである。

「今宵のこの騒ぎ何卒、私に全てをお任せ下されい。私に全てを……」

住職には、〝私に全てを〟の意味がすぐに判った。寿命院の外へ漏れ広がらぬようにしてほしい、と解した。阿吽(あうん)の呼吸、であった。

「承知しました。確かに承知しましたぞ」

「有難や……」

政宗は切っ先を地に下げていた粟田口久国の刃を逆に、つまり闇の気配に対し向けた。

そしてそのまま、右の腰の脇へと引いていく。体はまだ両脚を僅(わず)かに開いて直立だった。

住職が、回廊の壁ぎわまで退がった。

修行僧や小僧らが次々と、松明、提灯をともし始め、闇の気配がついにその姿を浮き上がらせた。政宗に対し扇状にひろがった数はおよそ三十。見るからに町奴(町人博徒)の身なりであったが腰に大小二刀を差し、顔は目を除き覆面で隠していた。

たくさんの松明、提灯をともし終えた修行僧や小僧らが、住職に率られて庫裏の奥へあたふたと戻っていく。

「私の名は松平政宗。一介の素浪人じゃ。この命、どうしても奪るというなら参られよ。遠慮無用ぞ」

政宗のその言葉を待って、半円陣が一糸の乱れもなく呼吸を合わせて抜刀した。

その見事な動きを、（町奴にあらず……）と政宗は読んだ。

半円陣の美しいばかりの正眼の構えが、松明、提灯の明りを浴びてきらめく。

まるで黄菊の花びらのようであった。

その三十近い花びらが、地を滑り鳴らして今度は政宗に迫り、双方の間が六、七間に詰まった。

政宗の右脚が、じりっと僅かに後ろへさがり、切っ先がこれまた僅かに上向いた。

不思議な構え。

そこで双方の動きが止まり、半円陣から放たれた殺気が次第に膨らんでいく。

「どうした。来ぬか」

政宗が誘いをかけつつ半歩出ると、相手は半円陣を微塵も崩すことなく一歩退がった。

政宗は、これはかなり手ごわい、と感じた。数で圧倒的優位に立ちながら、一気にそれに頼りきらぬところが油断できない。政宗は柄を握る掌に汗の滲み出るのが判った。

（殺られるかな……）と、政宗の口元に思わず笑みが浮かぶ。

その笑みを、どう捉えたのか、「一つの影」としか言いようのない結束した相手の「肉体」が、矢のように政宗に突っ込んだ。凄まじい速さ、凄まじい気迫であった。

政宗の腰が沈みざま、殴りかかるように斬り下ろしてきた幾人もの敵の刃を、粟田口久国で弾き返しては受けた。めまぐるしい攻防また攻防。青白い火花が飛び散るより早く、相手の刃が面、肩、面、肩と四方から連続的に政宗を襲う。

粟田口久国が右へ払い、左へ弾き返し、あるいは突き上げ、鋼と鋼の激突音が境内を圧した。

呼吸を整えるためか構えを改めるためか、相手が一斉に刀を引き飛び退がろうとした。

見事な呼吸……が、これは、まずかった。

栗田口久国の切っ先が、まるで吸い着くようにひとりの敵喉元(のどもと)を追う。蛇の鎌(かま)首(くび)のような、その異様な追い込みに、其奴(そやつ)は慌てた。

「小癪(こしゃく)な」

覆面の下で『敵』としてのはじめての声。蛙(かえる)を狙った蛇の如く吸い着いてくる栗田口久国を其奴(そやつ)は上段から渾身(こんしん)の力で叩き下げた。

さからわず刀身を地面近くまで下げた栗田口久国が、刃を返しざま左から右上へと走る。

「うおっ」

左脚を膝(ひざ)の上で切断された相手が、地面に叩きつけられた。残された左脚は、主(あるじ)を待つかのように、まだ立っている。ひと揺れもしていない。

政宗の体が、「攻め」に移った。半円陣の右翼に向かって走る。一見、蝶が舞うかのような優しい動きに見えたが、猛烈な速さだった。

迫られた右翼から、三人が政宗に立ち向かった。既に〝結束〟は大きく乱れていた。

中央の長身の刺客に激突するかに見えた政宗の体が、寸前、栗田口久国と共にふわりと右へ流れた。

まさに**刀・身一体**の変化であった。

この時にはもう、端に位置した刺客の両手首から先が、刀を握ったまま宙を舞っていた。

「うぐ……」

両手首を失った刺客が、仲間二人の間へ烈しく倒れかかってぶつかり、二人は足元を乱してよろめいた。その二人の背後へ、一瞬のうち回り込んだ政宗が、容赦なく粟田口久国を走らせる。

ブッという鈍い音がして、跳ね上げられた二つの首が、半円陣の後方まで吹き飛んだ。

政宗の圧倒的な強さ!

四人の仲間を倒され、半円陣が退がった。結束を乱して退がった。

「世の太平を乱さんと企み、弱き者に耐え難き苦痛を齎す者は叩っ斬る。愚かなる考えを改めるか、それとも野望の道を突き進むか、よっく考えよ。今からでも遅くはない」

政宗が、静かに言った。強圧的な調子ではなかった。やわらかな口調であった。相手が何を企んでいる集団か、読みきっている話し方だった。

すると半円陣の中央から、一人の刺客が進み出て、丁重に頭を下げた。その態度は、政宗の身分素姓を承知していることを自ら証明しているようなものだった。

刺客は口を開いた。

「我等は弱き者に苦難を齎す大乱を、企んでいる訳ではございませぬ。ただ、徳川幕府の朝廷に対す……」

「あいや、それ以上は申されるな。また口にすべきではない。軽挙妄動は必ずや大乱の芽に結び付くもの。過ぎたる歴史を振り返れば、そのことは容易に察しがつくではないか」

「恐れながら……」

「何じゃ」

「それがしとの一対一の勝負を、お受け下されませ。それがしが敗れたるとき、ここに居並ぶ同志たちは引き揚げさせまする」

「よかろう。覆面を取り、呼吸を楽にされよ。そなたの声には聞き覚えがある」

「は……」

半円陣に小さな動揺が走ったが、刺客は覆面を取り素顔を見せた。

「やはり……」と、政宗の表情が悲しみを覗（のぞ）かせた。

覆面の下から出てきた素顔は、**右兵衛督正四位上・東明院晴万呂**三十六歳であった。江戸麴町の念流柿原道場で修業し皆伝を許された、あの異色の公家である。現在、鴨川に近い土手町通に念流東明院道場を構え、武士の入門は断っているが公家、町人たちを相手に結構繁盛している。

「惜しい」と政宗は呟いた。何かと難しくなるこれからの公家社会に、なくてはならぬ力強い人物、と思っている政宗だった。公家社会は、今後ますます苦しく厳しい環境へ追い込まれていくであろう、と考えている政宗だ。

「お相手を」と、東明院晴万呂は正眼に構えた。

政宗は「うむ」と頷（うなず）いて一歩退がり、下段に構えた。東明院晴万呂の構えを見て、（これは一流以上の剣客……）と政宗は舌を巻いた。それだけに、ますます（惜しい……）と思った。

東明院晴万呂の五、六間背後で、半円陣が支援のためか態勢を立て直し、申し合わせたように一斉に大上段の構えを見せた。凄まじい気迫であった。

「手出し断じて無用。この東明院晴万呂に恥をかかすでない」

晴万呂の叱声が響いた。

半円陣は、刀を下ろした。がっくりと肩を落としている者もいる。

「剣を引かぬか、右兵衛督殿」

政宗は、声をかけた。本心からの思いであった。

「いいえ、何卒お相手を」

「どうしても？」

「はい」

「左様か。では心して参られよ」

双方、無言の境地へと入っていった。政宗は半眼となって、ゆるりと半歩引いた右足は左足の真うしろの位置。全身が頭の先から足先まで一本の線と化したかのような、流れるように美しい**下段**の構えであった。これに対し、**正眼**に構えた東明院晴万呂の全身は、一撃必殺を狙ってか〝剛〟に包まれていた。力みではなく、積み重ねた修練によって鍛えあげられし〝剛〟である。剣に譬えれば、南北朝時代の野太刀の豪壮雄大さ、とでも言おうか。

東明院晴万呂が、ぐいっと押して出た。

が、政宗は半眼で遠くを見ているかの如く、優麗秀美なる姿勢を微塵も崩さない。

東明院晴万呂が、再び押して出る。政宗がもし正眼の構えを取れば、両者の切っ先は触れ合うのでは、と思われるほど間が詰まった。

幾つもの松明、幾つもの大提灯の明りを浴びた晴万呂の双眸が、腹を空かせた狼の如く爛々たる光芒を放つ。

「せいっ」

晴万呂の気合か、と思われたが、そうではなかった。なんと晴万呂の剣が夜気を裂く音だった。

目にも止まらぬ速さで公家剣客晴万呂の切っ先が、小手、小手、また小手と政宗に打ち込んだ。

矢継ぎ早であるにもかかわらず、正確無比なその連打を、政宗は鍔受けをせず、辛うじて躱した。

（凄い……）と、政宗は感じた。さすが念流皆伝と思った。剣の〝走り〟が尋常ではなかった。

「むん」と、太刀すじを変え晴万呂が斬り込む。右胴へ左胴へ、また右胴へと恐るべき速さであった。政宗に針の先程も休むひまを与えない。与えれば厳しい反撃をくらうと判っているのであろうか。ひと打ちひと打ちに、渾身の力を込めている。

ガチン、チャリンと鋼が打ち鳴った。両者の体に火花が降りかかる。それほど激しいぶつかりだった。

晴万呂の切っ先が、胴狙いから再び小手打ちへと豹変(ひょうへん)し、一撃、二撃、三撃と猛烈だった。まさに雷鳴なき稲妻。

三撃まで鍔受けで防いだ政宗が、四撃目を斬り込まれ、顔をしかめて飛燕(ひえん)の如く退がった。自分でも、かつてない退がり方であると判っていた。

松明、大提灯の明りが、政宗の着流しの左袖が斬られ左腕からしたたり落ちる鮮血を、晴万呂にははっきりと視認させた。

手傷を負わせたと判って、晴万呂がようやく切っ先を鎮めた。だがスキ無く正眼に構え、呼吸は全く乱れていない。日頃の修練の濃さが知れる手練れだった。

左腕から鮮血をしたたり落とす政宗も、斬られた瞬間に顔をしかめはしたが、すぐさま半眼無想の境地に入っていた。

（なんと……）

手傷を負わされながら全く動揺を見せぬ政宗に、晴万呂は感動し、同時に少し焦った。相手の流れるように美しい直線的な身構えが、不気味に見えさえする。

と、半眼無想の政宗の身構えが、突如左へぐらりと傾いて剣先が乱れた。

その刹那の機会を晴万呂ほどの剣客が、見逃す筈がない。手傷が相手にかなり応えている、と読んで晴万呂の足が地を蹴った。万全の斬り込み、と自分でも確信があった。

そこへ政宗の粟田口久国が、まるで鞭が伸びるかの如く切っ先を突き向けてきた。晴万呂には一条の光としか見えぬ、異様な突きだった。

彼は体を捩ってその突きを躱しざま、政宗の横面を狙って豪快な片手打ちを放った。

大刀が唸りを発して、大きな円弧を描く。

　政宗の横面が裂けたか？

　が、政宗は切紙が風に舞うかのように、ふわりと宙に飛び、粟田口久国を相手の肩に叩き込んだ。落雷のような、光が落ちたような、斬撃だった。

　業物の刃が鍛えられた晴万呂の筋肉を断ち、鎖骨を割って肺臓にまで達した。

「ま、政宗様……」

「見事な技ぞ。右兵衛督殿」

　ゆっくりと崩れ落ちる晴万呂の体を、政宗は素早く支え、膝を枕に静かに横たえた。

「ま、政宗様、禁裏が心配でございまする……朝廷が……心配でございまする。徳川幕府が……幕府が」

「判っておる。判っておるぞ。この嵯峨宮武将、全てを承知した」

　政宗は敢えて〝宮〟の名を名乗った。死にゆく公家への弔いだった。惜しい剣客のためであった。

「おお、政宗様……親王の御名を……親王の御名を頂戴……なされ……ましたか」

「うむ」

「本望で……ございまする。宮様に……宮様に抱かれ……果てるのは……剣客として本望で……」

晴万呂の首が、がっくりと折れて、固唾を呑んでいた半円陣に号泣が広がった。

政宗は晴万呂の頭を膝枕から下ろし、合掌してから立ち上がった。

彼は粟田口久国の刃を懐紙で清め、鞘に戻すと、半円陣に優しく声をかけた。

「何もなかったのだ。皆は退がられよ。この修羅場は寿命院が、きちんと処して下されよう。心配はいらぬ」

返答はなかったが、刺客たちは刀を引き、山門の方へ力なく動き出した。

政宗は魚板のそばへ行き、右手に小槌を持って二度だけ打った。

左腕の傷がズキンと疼く。

庫裏の何処に身を潜めていたのか、住職、修行僧、小僧らが思いがけない早さで、庫裏の表へ出てきた。

「あ、政宗様。腕から血が……」と、住職が驚いた。

「痛みはひどいが、たいした傷ではない」

「急ぎ手当を致しましょう。ともかく庫裏の奥座敷へ」

「そう言えば和尚は、阿蘭陀(オランダ)医学にかなり詳しいのでしたな」

「阿蘭陀医学は、これからの医学。ですが、見様見真似で、応急の手当ぐらいは出来まする。ともかく血止めを」

「それよりも命を落とした者を、手厚く頼みます」

「心配なさいまするな。お任せあれ」

政宗は和尚に促されて、庫裏に入った。

二

翌日の朝早くから降り出した雨が止(や)むことなく降り続いている。

政宗は紅葉屋敷の自分の座敷で、雨に打たれる真紅(しんく)のモミジを物悲し気に眺めていた。

惜しい人物——東明院晴万呂を斬ってしまった無念さが、未(いま)だ胸の奥を痛めている。

どうしても助けたい人物だった。

（恐らく騒ぎは、これから静かに広がってゆこう……）と、政宗は思った。昨夜の落着（らくちゃく）だけで全てが鎮まるとは、考えられなかった。

下女のコウが盆に煎（せん）じ薬と塗り薬をのせて、長い縁側をやってきた。寿命院の和尚が調えてくれたものだ。

「心配かけて済まぬのう、コウよ」

政宗は目の前にそっと盆を置いた、白髪（しらが）の目立つコウの鬢（びん）を見つめて言った。

盆から手を放したコウが、小さな溜息（ためいき）を一つ吐いて返した。

「このコウは、若様の幼い頃から心配をかけさせて戴（いただ）いておりますので、心配には馴（な）れておりまする」

「ははは。耳の痛いことを言ってくれるねえ」

「なれど、酔っ払った武士と口論になって、刀傷を受けて帰ってくるとは何事でございますか。この紅葉屋敷の名誉にもかかわりますこと……なさけないことです」

「まあまあ、そう叱ってくれるな。さ、薬を……」

薬を運んでくるたびに、愚痴をこぼすコウであった。彼女は、政宗が告げた怪我の原因〝酔っ払い武士との口論〟を信じ切っている。

政宗は煎じ薬を飲むと、コウに塗り薬を傷口へ塗って貰った。この塗り薬は多年草のドクダミを主に幾種類かの薬草を加え擂り潰し、練り上げたものだった。この生のドクダミに、現在の抗菌剤の四十倍近い秀れた薬理作用があると判明したのは、近代に入ってからのことで、この当時（一六七〇年）は経験的に〝大変よく効く〟と判っている程度だった。

コウが立ち去ると、政宗の表情は、また暗さを見せた。「禁裏が心配でございまする……朝廷が……心配でございまする。徳川幕府が……幕府が」と言い残した剣客東明院晴万呂の言葉が、確りと耳の奥に残っている。

と、不意に雨が止んだ。

政宗は空を仰いだ。広く覆っていた灰色の雲が南の方へ勢いよく流されていく。その向こうに青空が覗き始めていた。

彼は立ち上がると、粟田口久国を手に母千秋の居間を訪ねた。実は後水尾法皇から与えられた〝宮の名〟は、まだ母に打ち明けていなかった。コウなど下働きの者たちに余り固苦しい思いはさせたくない、という配慮からだ。

「下居の御門は母上のことを大層気にかけておられました。ひょっとすると、お忍びでこの紅葉屋敷をお訪ねになるかも知れませぬ」

母には、そのように伝えただけの政宗である。これに対し聡明な母千秋は、「左様ですか」と言葉少なに返しただけだった。粛然として動ぜず、の態度である。

「おや、傷がいまだ癒えぬというのに、お出かけですか」

部屋に入ってきて正座をした政宗に、千秋はさすがに不安を見せた。

傷を負った原因について、母には「少し面倒な出来事に巻き込まれました。紅葉屋敷に火の粉が降りかかる事もあろうかと……」と、告げてある。

それに対しても千秋は、「左様ですか」と静かに返しただけであった。文武に秀でていると信ずる我が子への信頼が、その短い穏やかな返答の中にあった。

「先程コウに軟膏を塗って貰いました。傷口はもう塞がりかけております」

「為すべき事をきちんと為したいのであらば、先ず傷を癒しなされ」

「仰せの通りです。そのように努めます」

「傷を負った体で何処へ参られるのじゃ」

「傷の手当で世話になった寿命院の和尚に、まだ充分に礼を申し述べておりませぬゆえ」

「その寿命院が、争いの場だったのですね」と、母は鋭い。

政宗が一瞬返答に窮すると、

「そなたに倒された者は、おそらく寿命院で供養されたのであろう。金品を差し出して済むことではありませぬが、控え目な御寄付で御住職に感謝の気持を表しなされ。過分なる御寄付は、寿命院に対しかえって失礼となりましょうから」

「はい」

と頭を下げながら政宗は、この母には敵わぬ、と思った。

そう言えば幼い頃から自分の考えや行ないは何もかもこの母に見透かされていた、と改めて思い出す彼だった。

彼は母の居間を辞すと、玄関へ向かった。玄関を挟むかたちで育ったモミジは特に見事で、高さ優に五丈（およそ十五メートル）を超えていた。大きく広がった枝々の葉は片側の木は真紅に、もう片側は真っ黄色に熟していた。目に眩しいほどに。

その二本のモミジのまわりを、雨水の溜りを避けるようにして竹箒(たけぼうき)で掃いていた**老下僕の喜助(きすけ)**にひと声かけて、政宗は紅葉屋敷をあとにした。

空には、青空が広がり出していた。

雨のあとの秋の日差しを心地よく感じながら、政宗は歩いた。寿命院へ立ち行ったあと、粟田口へ足を向けるつもりだった。寿命院での激闘で粟田口久国を酷使したため、**名刀匠陣座介吾郎**に検(み)て貰うためだった。

ところが、紅葉屋敷を出て幾らも行かぬうちに、その陣座介吾郎が、供も連れずに道の向こうの角に姿を現わした。

「これは若様……」と、名刀匠は腰を丁重に追ったあと、足早に政宗に近寄ってきた。

その老いた表情の普通でない固さに気付いた政宗は、「やあ」とだけ言葉短に返した。

「よいところで、お目にかかりました若様。お屋敷内では少し話し難(にく)い出来事を耳に致しましたもので、急ぎ駈けつけました」

「一体どうなされた？」

「私の愛弟子（まなでし）で一人立ちした者で私の名、陣座を許した者に陣座国行（くにゆき）という秀（すぐ）れ者がおりまして……」

「うむ。国行の名については、そなたから一、二度聞かされたことがあるな」

「左様でございました。で、その陣座国行。権中納言従三位・万出小路頼家様のお屋敷へ出入りさせて戴いているのですが、今朝方、研ぎを依頼されておりました刀を当人がお届けしましたところ、頼家様が奥方様を道連れに自害なされている惨憺（さんたん）たる光景を目に致し……」

「なにっ」

　と、政宗の顔色が変わった。

「それだけではございませぬ。左兵衛督従四位上・内御門清武様、刑部卿従四位上・華陽院兼房様も万出小路様の後を追うようにして自害なされたという報が、次々と私の耳に入って参りました」

「陣座殿、よくぞ知らせて下された。とくに権中納言・万出小路家は、わが母が歌会などで幾度となく訪ねておるゆえ、知らなかったでは済まされぬ一大事じゃ」

「なぜ前後して御三家は、次々と自害なされたのでありましょうか」

「それについては所司代なり奉行所なりが、これから調べを始めよう。それにしても何と早まったことを」

政宗は、そう言う他なかった。

「お、それから、このような場で何だが、粟田口久国をまた預けたい。改めてよく検(み)てはくれぬか」

「え、この前に拝見したばかりではございませぬか。何か、至らぬところが?」

「いや、そうではない。改めて検て貰いたい、ということなのだ。頼む」

陣座介吾郎は粟田口久国を政宗から受取ると、雨あがりの通りに人通りが無いことを確かめてから、名刀の鞘を払った。

「こ、これは……」

刀身をひと目見て、陣座介吾郎は驚きの目で政宗を見た。

「尋常でない痕(あと)がうかがえまするが、何事が若様の御身(おんみ)に生じたのでございましょうか」

「少しばかり、いざこざがあっての痕(あと)なのだ。手数をかけるが、ひとつ綺麗(きれい)にして下され」

「名刀粟田口久国ゆえ持ちこたえられた無数の擦過痕。幸い刃毀れ一つ無いのは、若様の受け技の高さを示すもの。それに致しましても、これは大変に激しい打ち合いの痕」

「詳細は話せぬのだ。辛抱してくれぬか」

「むろん、お訊きする積もりなどありませぬ。けれど若様、着物の袖内に隠されておられます左手。手傷を負われたのではありますまいか。ドクダミの臭いがはっきりと漂って参りますぞ」

「ははは っ。陣座殿には敵わぬなあ。その通り、いささか手傷を負うてしまった」

「笑いごとでは済みませぬぞ若様。母上様がどれほど心配なされたでありましょうや」

「そうよな。以後、注意しますよ」

「お約束して下され」

名刀匠陣座介吾郎は頷いて、粟田口久国を鞘に納めると、それまでの表情を変えて政宗を見つめた。

「実は政宗様……」

「ん？」

「今日このように慌ててお訪ね致しましたるは、御相談致したき事が一つ生じたことも御座いまして」

「私で相談に乗れることならば、なんなりと」

「はい。若様も御存知のように粟田口村には優れた技持の刀鍛冶が多数おりますが、その内の一部や中堅どころが、大量の刀剣を密かに鍛造しているらしいことが判って参りました」

「密かに、とはどういう意味です？　陣座殿は名実共に、それら刀鍛冶の頂点に立ち強い指導力を発揮している名匠の中の名匠。粟田口村の隅々にまで目が行き届いていると思うていたが」

「とは申せ、時代の流れと共に〝長〟の立場も微妙なものとなって参りました。刀鍛冶は優れた技持ではあっても、それほど生活は安定致しておりませぬ。そのような不遇が、鎌倉幕府の時代より数えて余りにも長く続き過ぎました」

「うむ」

「それだけに〝長〟が強い力で若い刀鍛冶を差配することが、次第に難しくなって参りました。あれをせよ、これはいかぬ、などと〝長〟の考えを押し通せなくなって参ったのでございまする」

「しかし、陣座介吾郎殿は粟田口村の誰もから、親しまれ尊敬されていると、聞いておりますぞ」

「有難いことに、この爺、村の誰からも大切にされていることは事実でございまする。しかしそれは、指導することを怠り文句一つ言わぬ優しい爺に陥ってしまったことの、証でもありましてな」

「そこを突かれて、大量の刀剣が密かに鍛造されていたと申すのか」

「はい」

「して、その数は？」

「その秘密を知らせてくれた者の話によれば、二百振りを超えるとか」

「なるほど大量だな」

政宗の表情が曇った。頭の中で、その二百振りを超える刀剣と、公家たちの反幕運動とが結びついていた。

（これはまずい。純真な粟田口村の人々まで騒ぎに巻き込むことになる）と、政宗は憂慮した。京に於ける公家たちの反幕運動の気配を江戸幕府がもし摑めば、取調べと責任の追及は、熾烈を極める筈である。

「陣座殿に、大量の刀剣鍛造の秘密を知らせてくれた人物は信頼できるのかな」

「できます。私の孫娘です」

「孫娘？」と、政宗はさすがに驚いた。

「はい。将来を見込んだ技持の刀鍛冶の嫁に出しました」

「すると、夫であるその技持が、秘密の鍛造にかかわっていたと？」

「悲しいことですが、その通りでございます」

「陣座殿は今、悲しいこと、と申されたが、どうして悲しいこと、と言い切れるのですかな」

政宗は出来るだけ、さり気ない口調で訊ねた。

「二百振りを超える刀が密かに鍛造されたということは、これはもう政宗様、不条理な力に頼った行動の前兆としか考えられませぬ。奈良・平安・鎌倉・室町の時代を通じて、刀剣鍛造の歴史がその事を物語っておりまする」

政宗は黙って頷き、暗澹たる気持で名刀匠の肩に軽く手を触れて促した。

二人は肩を並べ、紅葉屋敷から遠ざかるかたちで歩き出した。

「のう陣座殿」

政宗は決心して口を開いた。心から信頼してきたこの名刀匠に、自分の考え、見方を、思い切って打ち明けてみようと思った。

陣座は「はい」と、政宗の次の言葉を待った。

「秋雨のあとの青空と日差しは、なかなかに心地よいとは思わぬか」

「思いまするよ。まことに、まことに」

「このように心地よい平和な時代が、長く続いてほしいものだが、人間というのは、ついつい己れの力を血なまぐさい方向へ振り向けがちです」

「そのために生じた合戦で、これまでに幾万、幾十万の罪なき人々が無念の涙を流しつつ亡くなったことでござりましょう」

「左様……それゆえ密かに作られし二百振りを超える刀も……」

政宗は、そこで言葉を切った。陣座介吾郎が、長身の政宗の端整な横顔を斜め下から見つめた。

　二人の歩みは、雨で出来た水溜りを避けて、ゆっくりと進んだ。

「その二百振りを超える刀だが……おそらく万出小路頼家様、内御門清武様、華陽院兼房様の御自害と深く絡んでいる筈」

「なんと……」と、陣座が歩みを止めようとするのを、政宗は彼の背に手をやって促した。

「有力公家である彼等が、日頃から反幕姿勢を強めていたことは、私もぼんやりとだが承知してはいた。だが、歌会などで鬱憤を晴らせる程度のものであろうと、思うていたのだ。ところが……」

　政宗は数日前の夜、東明院晴万呂、内御門清武、華陽院兼房の三公家が手練れの刺客に襲われたところを救ったこと。そして今度は東明院晴万呂が率る大集団に自分が襲われ、晴万呂は倒したが自分も負傷したこと、などを打ち明けた。

　余りにも衝動的な話に、陣座介吾郎の顔色は、蒼白となっていた。

「若様。この陣座介吾郎、粟田口一門の長として密造されましたる二百余振りの刀剣、身命を賭して必ずや潰して鉄塊と化しまする」

「その二百余振りの刀剣の所在は、把握できているのですか？」

「おおよそは摑めております。これより村へ戻り、信頼できる刀鍛冶たちを動かして、密造された刀剣を潰すことを急ぎまする」

「それが宜しかろう」

「全てを鉄塊と為し終えましたなら、改めて政宗様に御報告に参上いたします」

「いや。それには及ばぬ。急ぐのは宜しいが、穏やかに何事もなかったように進めなされ。そして全ての事が済めば、目立たぬよう静かにしていることだ。あまり動き回らぬこと、それが大事だ」

「その方が賢明でありましょうや？」

「うむ」

「では、仰せのように致します」

「密造にかかわった者たちを、厳しく叱っても埒(らち)があかぬゆえ、武力に頼る動乱の怖さとその責任の重大さを、よくよく説いてやることだな。一刀一刀に全精神を込めて作り上げる業師(わざし)たちです。陣座殿の話が理解できぬ訳がない」

「その点は私も大丈夫と思うています」

「それでは此処で分かれよう陣座殿」

「はい。お導き有難うございました」

「なんの……」

政宗と陣座介吾郎は、呉服屋の角で分かれた。

足早に遠ざかっていく老いた名刀匠の小さな背中を、政宗は暫く見送った。

(二百余振りもの刀剣を作るには、それなりの資金がいる。〝急ぎ作りの新刀〟と言えども、粟田口の業師が仕上げれば、安く叩いたとしても一刀十両から十五両はとられよう。二百刀で二千両から三千両……)

とうてい普通の者には手当できぬ額、と政宗は思った。

その政宗の口から「もしや……」という呟きが漏れ、彼は体の向きを変えて足を速め歩き出した。

三

寿命院へ立ち寄って和尚に十両の金子を手渡して過日の礼を述べ、闘死した者たちの処置が万全であることを確かめた政宗は、西本願寺へ足を向けた。

その彼が「はて?……」と感じたのは、西洞院通を西洞院川（現、埋立消滅）に沿って、筑後・久留米藩の有馬氏京屋敷（現、中京区蟷螂山町あたり）の前まで来た時だった。

背中に、何者かの視線を感じたのだ。監視されているような強いものではなく、幾分やわらかな感じだった。何らかの目的を有して〝対象〟に視線を注ぐ場合、後ろから、横から、正面からと色々ある。たとえばわざと正面から視線を注いで相手に気付かせるのは、相手を圧迫し、威嚇し、苛立たせることを狙っている。

（このやわらかさは……忍びか）と、政宗は思った。もし忍びであるならば、不意に振り向いたとしても、恐らく姿は見えまい。

政宗は西本願寺に向かって、ゆったりと歩き続け、五条天神社（下京区天神前町に現存）の手前を右に折れ堀川通へ入った。

間違いではなかった。やわらかな追尾の視線の感じは、矢張り背中から離れなかった。しかも距離を詰めているような気配さえある。

粟田口久国を陣座介吾郎に預けたため、今の政宗の腰に代わりの大刀はなかった。

しかも彼は、手傷を負っている身だ。

ようやく西本願寺の前まで来て、政宗が（振り向いてみるか……）と思ったとき、まるで氷が溶けるかの如く追尾の気配が彼の背中から、すうっと消滅した。

政宗は苦笑して、西本願寺の南側を東西に走っている七条通へ向かった。

ほどなく大きな構えの、剣術道場が彼の目に入った。新伝一刀流の道場で、京では一、二番の規模と言われているだけに、さすがに立派だった。潜り戸を左右に二つ持つ大きな八脚門の門柱に、「新伝一刀流神妙庵」の看板が掛かっている。

〝神妙〟とは、剣の心構えでも指しているのであろうか。

政宗が、道場の門前を通り過ぎようとすると、「若様……」と押し殺した声が頭上から降ってきた。

政宗が顔を上げると、道場と向き合っている間口の狭い古道具屋の二階の窓から、障子を細目にあけて顔を覗かせている者があった。

常森源治郎だ。

政宗は小さく頷いて、古道具屋に入った。尾行していたであろう〝忍び者〟に気付かれぬよう、さり気なさを装った積もりであった。

　間口の狭い店だったが、ウナギの寝床のように奥に向かって長く伸びている。大層な品々の陳列が目立つ店で、鎧兜に刀剣、槍、薙刀、鞍などの他に、とても使えそうには見えない古い火縄銃まであった。そのほか家具、大工道具、庖丁に鍋釜、茶碗、布団、鋤、鍬と〝何でも屋〟の店構えである。

「ようこそ、いらっしゃいませ」と六十近くに見える髪の薄い主人らしいのが、政宗と目が合うと座っていた帳場を機敏に離れた。

　まるで心得顔で政宗の前まで来て正座をした彼は、上がり框にうやうやしく両手をつき、小声でこう言った。

「松平政宗様とお見受け致しました。わたくし主人の要平でございます。常森源治郎様がこの直ぐ上、二階座敷におられます。さ、どうぞ」

「源さんから私のことを聞いておられましたか」と、古道具屋の主人に対して、政宗の言葉は丁寧で物静かだった。

　古道具屋の主人は「それはもう幾度となく……」と目を細め、「ささ、お上がりなされませ」と促した。

主人要平の案内で、政宗は二階へ上がった。

常森源治郎は若手同心の藤浦兵介と、窓ぎわに座っていた。

「やあ源さん、幾日ぶりかで顔を見ますね」

「申し訳ございません。ここで、こうして張り込んでいましたもので動けず……」

古道具屋の主人が、政宗の背後で障子を閉め、足音が階下へと下がっていった。

常森は、政宗を迎えて浅く平伏した姿勢の藤浦兵介を、政宗に紹介した。

「ところで源さん。この古道具屋の主人だが、もと侍ですな」

「あ、矢張り若様の目は誤魔化せませぬか。実は一昨年の秋口まで、東町奉行所の同心でございました」

「ほう。源さんの元仲間だったか」

「一昨年の秋口に、ちょいとした大捕物がございまして、年の割に血気盛んだった原岡要平——この店の主人でございますがね——その要平爺っつぁんが賊頭に背中をバッサリとやられたんですよ」

「それで同心を辞して、古道具屋に？」

「はい。御奉行の強い勧めもありまして……なにしろ大怪我でございましたから」

「道理で、古道具屋の主人にしては、目つきがどこか違ったな」

「勘働きの大層に利く爺っつぁんでしたから、一人前の優しい老人の顔つきになるには一年や二年はかかりましょう」

「ははは。一人前の優しい老人の顔つき、はよかったな。ところで、新伝一刀流神妙庵の様子はどうだ」

「それが若様、少し変なのでございますよ」

「変とは？」

「早苗から、いや、早苗殿に見せて貰いました辰巳俊之助と久保澤平造の人相書を、奉行所でうまく写した積もりですが、それらしき人物は一向に道場へ出入りしないのです」

そう言いつつ、懐から二つ折りの人相書を取り出して、畳の上に広げる常森源治郎だった。

「その人相書、早苗の手元にある人相書に似ているのであろうな」

「その点は大丈夫と思うております。腕のよい絵師に描かせましたゆえ」

「では私が直接、新伝一刀流道場を訪ねてみよう」

「そ、それはいけませぬ。無茶でございます。若様の身に万が一のことがあらば奉行所として申し訳が立ちませぬ。それに今日の若様は、お腰の物を一体どうなされたのでございますか」

と、常森は少し慌てた。

「刀鍛冶に研ぎを頼んであるのだ」

「にしましても、それに代わる業物は、紅葉屋敷に幾振りもござりましょう。丸腰同然で新伝一刀流道場を訪ねるなど、危のうございまする」

「ははは。私は刀を腰に帯びるのは余り好きではないのだ。それにな、業物が何振りもあるほど紅葉屋敷は豊かではないぞ源さん。新伝一刀流道場は京でも一、二の信用ある大道場。丸腰同然で訪れた者を真剣で打ち据えたりはすまい」

「ですが……近頃の世情、ことのほか不安なれば……」

「豪胆な筈の源さんが、今日はことのほか神経質だな。何かあったのかね」

さらりとした口調の政宗であった。

「若様のお耳には、まだ届いておりませぬか。有力公家の権中納言従三位・万出小路頼家様、左兵衛督従四位上・内御門清武様、刑部卿従四位上・華陽院兼房様が次々と御自害なされ、所司代も東西両奉行所も今テンヤワンヤでございまする」

政宗は、それには答えず窓際へ寄ると、細目にあいている障子に顔を近付け、新伝一刀流道場の表門を窺(うかが)った。

常森の言葉が続いた。

「若様。ただいま申し上げましたる有力三公家の御自害について、まだお耳に入っておりませぬか」

「源さん。その件については、すでにある者より報(しら)せを受けております。全く知らぬ人達ではないだけに私にとっては悲しく衝撃的な出来ごとです。だが今の私は、あれこれと意見を申し述べる材料を持ち合せていない。暫くの間、そっとしておいてくれぬか」

「これは失礼いたしました。つい、役目柄の口ぐせが先走ってしまいました。お許しください」

「私なりに何か摑めば、源さんに相談を持ちかける」

「はい」

「源さん。私は矢張り新伝一刀流道場を訪ねてみよう。虎穴に入らずんば虎子(こじ)を得ず、だ」

「で、ですが……」

「もし半刻近く経っても道場から出て来ぬ時は、手勢を揃えて踏み込んでくれぬか」

「決心、どうしても、お変わりになりませぬか」

「変わらぬ」

「左様ですか。判りました。では手勢を揃え待機致しましょう」

常森が心配そうな表情のまま藤浦兵介に顎(あご)をしゃくってみせると、藤浦は「はっ」と腰を上げ、座敷から出ていった。

常森は腰から大刀を取ると、政宗に差し出した。

「若様には、お似合いにならぬ鈍(なまく)ら物ですが、無いよりはましでござりましょう。どうか、お持ち下され」

「要(い)らぬよ源さん。一旦大事(いったんおおごと)が起これば刀は、お前様の役目に不可欠なものだ。私は丸腰でよい。それよりも見張りをしっかりと頼みましたよ」

政宗は、そう言い残して部屋を出た。

ところが彼が一階へ降りてみると、勘働きに優れるとかの店の主人原岡要平が、艶やかな黒鞘の大刀を手に、待ち構えていた。

「恐れながら差し出がましいことを言わせて戴きまする。そのままの御腰では何かと危のうござります。どうか、この刀をお持ち下さいませ」

「有難い申し出なれど無用じゃ」

「御腰を汚す安刀でございまするが何卒、お役立て下さいますよう」

「安刀とは言え、商いには欠かせぬ大事な品であろう。気配りだけ嬉(うれ)しく頂戴しておこう」

「丸腰のまま、この店から出て参られ、松平様の御身に万が一のことがあらば、武具百揃えの古道具屋の主人(あるじ)として、世間に申し訳が立ちませぬ。面目も立ちませぬ。たとえ一時(いっとき)にしろ何卒、御腰を飾って下さいませ」

頑として折れぬ顔つきの、原岡要平であった。古道具屋の老主人の顔つきではなく、同心の顔つきである。

政宗は苦笑して、「それほど申すなら」と安刀を片手でごく自然に受取り腰にした。

政宗が片手を負傷しているとは知らぬ原岡要平がようやく、にっこりと目を細めた。

古道具屋を出た政宗は、ちょっと足を止め空を仰いだ。べつだん空に用がある訳ではなかった。あのやわらかな追尾の視線を探るためだった。

あった。それは右の頰に、矢張りやわらかく触れてきた。

（忍び者に間違いないな。それも相当の手練れ……）と、政宗は思った。

彼は目と鼻の先の、新伝一刀流道場へ向かった。門弟が多く出入りするこの道場の八脚門は、辰ノ刻（午前八時ごろ）から申ノ刻（午後四時ごろ）までは開かれていた。長時間に亘る表門の開放は、道場の〝外〟に対する自信の表れでもあるのだろう。

政宗は八脚門を潜った。間口の広い敷地であったから、道場は八脚門に対し横に広がっていた。ただ玄関口は正面中央にはなく、大きな石畳が右へ湾曲して続いていて、道場建物の右端に旗本屋敷のような立派な式台を備えた玄関口があった。

が、政宗は石畳を行かなかった。八脚門から真っ直ぐに進んで、道場の櫺子窓（れんじまど）のそばに立った。脇に大枝を四方へ伸ばした真紅のモミジがあって、政宗の顔をたちまち紅く染めた。

道場内は、シンと静まり返っていた。道場中央で竹刀（しない）を大上段に構えたいかつい大男と、正眼に構えた中肉中背の若い男とが、面小手をつけずに向かい合っている。

ところで竹刀であるが、新陰流兵法の祖・上泉伊勢守信綱（こういずみいせのかみのぶつな）（?〜一五七三年）の頃より、竹を割ったものに皮袋をかぶせて修練時に用いられていることから、一般に考えられているより発祥は古い。

「ほう……」

対峙（たいじ）を見守る政宗の口から、感心したような小さな吐息が漏れた。いかつい大男に対してではなかった。中肉中背の若い男に対して漏らした吐息であった。

（小手、胴と連打が飛ぶ……）と、政宗が予感した時、若い男の足が、タンと床板を叩いて軽々と宙に躍った。

同時に、いかつい大男も大上段の竹刀を振り下ろしながら、舞い上がっていた。竹刀と竹刀が宙で二合打ち合い、パパンと乾いた音が響きわたる。お互い、凄まじいばかりの、速い竹刀の動きであった。

道場の床板に舞い降りた二人は、休まずそのまま次の攻めに移っていた。若い方が、面、面、面と打ち、それを受け躱(かわ)しながら大男が小手、突き、小手、突き、と激しく返す。

(次だ……)と、政宗が思ったとき、若い方が相手の突きを、わずかに左へ避けて飛び込みざま、小手を取り胴を払った。駿足だった。ポン、パアーンと小気味よい音。

大男が竹刀を取り落とし、苦痛で顔を歪(ゆが)めながら素早く二歩退がる。

「お見事……参った」

大男は、潔(いさぎよ)かった。が、口を歪め、悔しそうだ。

「有難うございました。学ばせて戴きました」

若い方は、淡々として礼儀正しかった。頭を深く下げたその態度が、よき師匠に教育されてきたことを物語っているかのようだった。

政宗は、向こう側の壁に沿って居並ぶ門弟たちの顔を順に見ていったが、高位の席に座っている者の中にも、中位の席に座っている者の中にも、常森源治郎が持っていた人相書の人物、辰巳俊之助と久保澤平造はいなかった。

このとき背後に人の気配を感じて、政宗は振り向いた。

身なり正しい三人の武士が八脚門を入ってきたところだった。一人は五十に少し前くらいに見えて恰幅がよく、人品卑しからぬ印象であったが眼光に鋭いものがあった。その半歩ばかり後ろに控えている二人は、供と判る若侍だ。

政宗は、三人に向かって軽く腰を折った。

恰幅のよい年輩の武士は、石畳の途中で立ちどまると、政宗を捉えて穏やかに訊ねた。

「お手前は?」

政宗は手傷を負った左手を、さり気なく袖内(そでうち)に隠した姿勢のまま相手に近付き、もう一度小さく腰を折った。

「ただいま道場にて見事な勝負がありましたもので、櫺子窓より御許しもなく拝見させて戴いておりました。無作法どうか御許し下さい」

「はい。当道場の高位の御門弟と思われる大武者と、外来の修業者と思しき若武者との対決でございました」

「それで？」

「若武者が小手と胴を取り、大武者は竹刀を取り落として潔く敗北を認めまし
た」

「なに。木河利蔵が竹刀を取り落としたと申すか」

年輩の武士だけでなく、彼の後ろに控えていた若侍二人も驚きの表情を見せた。

「木河利蔵殿とかは皆伝あるいは、それに近い御腕前と見ましたが」

「左様。この道場の師範代で半年ほど前に免許を与え申した。人格高潔にして皆
の信頼厚く、文武に優れた後継者として見ておったのだが」

信じられぬ、という風に首をひねる年輩の武士であった。

「先生、ちょっと様子を見て参ります」と、若い侍二人が玄関の方へ駈けていく。

「で、お手前も当道場での試合稽古をお望みか？」

「いいえ。私は、ちと人を探しておりまして、どうやらこの道場の御世話になっ

ているらしいという噂(うわさ)を耳に致し、お訪ね致したような訳で」

「私は当年四十九になりし当道場の主人(あるじ)、高崎左衛門(たかさきさえもん)だが、お手前は？」

「あ、これは名乗り遅れました。わたくし松平政宗と申す一介の素浪人でございまする。その探している相手といいますのは、私がよく存じおる武家の妻女の仇(かたき)でございまして」

「なに、仇とな……」

「新伝一刀流の先生の御名は、よく存じ上げております。率直に事情を打ち明ければ先生のお力を頂戴できるのではと考え、こうして訪ねて参ったる次第です」

「左様か。ま、ここで立ち話も何だ。居間で詳しく話を聞こう。参られよ」

「恐れ入ります」

政宗は、先に立つ高崎左衛門に従った。そして、舌を巻いた。一寸の力みもなくゆったりと歩む高崎左衛門の後ろ姿に、微塵のスキも無い。

(なるほど、これ程の御方(おかた)なら道場も盛えよう)と、政宗は思った。

大道場の主人(あるじ)の居宅部分は、東西に長い道場の東側に接するかたちであったが、質素な造りであった。道場の立派さに比べ居宅部分のその質素さが、高崎左衛門の高潔な性格を表しているかのようだった。

二人は、小さな枯山水の庭に面した座敷で向かい合った。高崎左衛門は床の間を背にした上座には座らなかった。二人にとって、床の間が横に位置するかたちで、政宗と向き合った。その気配りも、わざとらしくなく、ごく自然で、さり気なかった。

政宗は、(この御方はまさしく大剣客)と、感じた。

「さきほど松平の姓を名乗られたが、徳川家のお血筋かな」

「そうではございませぬ。徳川家とは全く無関係な松平でございます」

「で、そなたが言われた、さる武家の妻女の仇と申すのは?」

「はい。実は……」

政宗は早苗の名は伏せて、大塚忠明、辰巳俊之助、久保澤平造の三名が仇となるまでの顚末(てんまつ)を簡潔に打ち明けた。

「失礼いたします」と、座敷の少し手前の縁側で澄んだ女の声がしたのは、このときだった。

高崎左衛門が「菊乃か、入ってもよい」と答えると、「はい」と、しとやかな返事があって、開いてあった障子の端に盆を両手にした若い女が姿を見せた。

年齢は十七、八であろうか。鼻すじと口元の優しい、切れ長な二重瞼の美しい女性であった。

「娘でしてな」と、大剣客高崎左衛門が目を細める。

「菊乃でございます」と、政宗の前に茶を置いてつつましく名乗る相手に、政宗も名乗って頭を下げた。

「ごゆるりとなさいませ」と、菊乃は直ぐに下がっていった。

「ところで、そなたの話の中で、ちと解せぬことが……」

高崎左衛門が、そう口を開いたとき、今度は只事でない慌ただしい足音が、縁側を踏み鳴らしてやってきた。

「先生……」と、座敷の前に両手をついたのは、先程の若侍二人の内の一人であった。

「何を慌てておる。お客人の前ぞ。見苦しい」

「そ、それが、再度立ち合いました師範代が眉間に両手突きを受け、昏倒いたしまして意識が戻りません」

「一度負けていながら、再度勝負を挑んだのか木河利蔵は」

「はい」

「利蔵らしくない焦りが、目に見えるようだわ。それでは遅れを取るのも無理はなかろう」

「で、辻平内（つじへいない）は……相手の名でありますが……その平内が是非とも先生に稽古をつけて戴きたいと恐れ多いことを申し、頑として道場を動きませぬ」

「年齢は幾つだ、その男は」

「二十一、二歳かと思われます」

「自信が体の内側で煮えたぎっておる年頃だな。宜しい。その若者の望みをかなえてやろう。力のある若者ならば今、天狗の鼻を折っておいてやらねばならぬ。その若者のためにな」

「しかし、先生……」

「あいや……」と、政宗は師弟の話の間へ割って入った。

「その修業者との立ち合い、私に任せて戴けませぬか高崎先生」

「なに。お主が立ち合うと」

「こうして御高名なる先生にお目にかかれたのも何かの縁。それに、先程打ち明けましたる私の用件に御協力戴かねばならぬ負い目もございます。ひとつ、臨時の代稽古の役目を私に、お命じ下さい」

「うむ。面白い申し出だのう。そなたもまだ若いが、その落ち着きようは、かなりの修練を積みし者と見た。代稽古の役目、ひとつ任せてみようか。力量の程をこの高崎左衛門と門弟たちに見せて戴きたい」

「有難うございまする。では……」

政宗は若い門弟と目を合わせると、頷いて立ち上がった。

四

政宗たち三人が道場へ行ってみると、辻平内とかいう若武者は道場の中央に正座をして、穏やかな顔つきをしていた。木河利蔵は幸いなことに意識を取り戻しており、道場の片隅に目立たぬよう横たわり、額に濡れ手拭いを当てられていた。

高崎左衛門が床より一段高い式台に正座をすると起き上がろうとしたが、まわりの門弟たちに宥められて、また大人しくなった。

政宗が竹刀を手に若い修業者の前に進み出ると、若武者は立ち上がって目を光らせた。

政宗は静かに名乗った。

「私は当道場の筆頭師範、松平政宗。お主の流儀と名を改めて聞かせて戴こう」

「剣は山口流、名は辻平内、年齢は二十二、生まれは近江甲賀の里」

「甲賀とは、忍びの血筋か」

「いいえ。水飲み百姓の血筋と思ってください。それよりも、私は御高名なる高崎先生に稽古をつけて戴きたいと、所望したのですが」

「私を倒せば、その望み、叶えて戴けよう」

「誠ですか」

「誠じゃ」と答えたのは、式台の高崎左衛門であった。

辻平内の目が、尚のこと光った。

政宗と辻平内は共に一礼すると、竹刀を構え、向き合った。辻平内は両手正眼、政宗は右手だけの片手正眼であった。

その片手正眼を見て、高崎左衛門の表情が僅かに動く。

政宗は（なるほどスキがない……）と、若い相手に感心した。立ち合って直ぐに日頃の修練の量が判る、辻平内の構えであった。

実はこの辻平内こそ、のち江戸に出て「無外流」を草創した不世出の大剣客、辻月丹資茂（つじげったんすけもち）（一六四九年〜一七二七年）その人であった。因（ちなみ）に、生涯子がなかった辻資茂の養子となって**無外流二代目となったのは、江戸・府中の六社宮（ろくしゃのみや）である大国魂（おおくにたま）神社（東京・府中市に現存）の神官、猿渡（さわたり）豊後（ぶんご）の兄、分五郎資英（すけひで）である。**

「いえいっ！」

最初に他人（ひと）の腹の底を打ち叩くような裂帛（れっぱく）の気合を放ったのは、辻平内だった。

彼が手にする竹刀は、その気合に守られて右下段に下がった。竹刀を下段へ移動させるところを攻められぬよう、鋭い気合を放つことで防いだのだ。

政宗は、また一つ感心した。無外流という剣法が後（のち）の世に生まれてくることなど、このときは当の辻平内も政宗も、むろん高崎左衛門も知るよしもない。

政宗の片手正眼が、ゆっくりと実にゆっくりと上段へ上がってゆき、眉間の前面でピタリ垂直となった。右足は左足の真後ろへ僅かに間をあけて並び、竹刀の先から胴、腰、脚と美しいやわらかな**一本の線**と化した。

「おお、あの構えは……まぎれもなく**鞍馬最奥の尼僧房**（尼僧の日常の住居）**想戀院**の守護剣法、無限の構え」

ほとんど声なく呟いた高崎左衛門の顔に、衝撃が走っていた。

辻平内も、べつの衝撃を受けていた。目の前に一本の百合が立ち咲いているような幻覚に襲われたのである。

（こやつ、幻術を使うか……卑劣な）と、若い辻平内の胸に焦りの芽が吹き出した。が、幻術などではなかった。これこそ鞍馬想戀院の守護剣法「無限の構え」の真髄であった。政宗の剣法の位と技術の高さを示すものである。

幻術など所詮はまやかし、そう思った辻平内が「つあいっ」と鋭い気合を放ち、百合の茎を断ち切るべく踏み込みざま竹刀を走らせた。

とたん、彼は仰向けに道場に叩きつけられていた。ドスンという音。

政宗の片手眉間正眼とも言うべき不思議なる構え。その構えから噴出したかのような一条の閃光が、辻平内の左肩に激しく打ち下ろされたのだ。

一瞬の勝敗に道場の誰もが目を見張った。「お見事」と、高崎左衛門が二度三度と頷きを繰り返す。

居並ぶ門弟たちの目には、政宗の竹刀の動きがほとんど見えていなかった。

仰向けに昏倒した若武者の体は、大の字となって死んだように動かない。

政宗が昏倒した相手に何事もなかったかの如く一礼し、竹刀を壁の竹刀掛けに戻すと、呆然（ぼうぜん）としていた門弟たちのうち四、五人がようやく辻平内に駆け寄った。

「おい、しっかりしろ」

「大丈夫か」

と門弟たちが声をかけるが、若武者の返答はない。

政宗は高崎左衛門に促されて道場を出、磨き抜かれて黒光りしている廊下をゆっくりとした足取りで先程の座敷へと向かった。

「それにしても激烈かつ美しい剣さばきだった。**想戀院守護剣法無限の構え**、この高崎左衛門はじめて実戦剣法として見せて戴いた」

「先生は、わが学びし守護剣法を御存知でございましたか」

「実はこの高崎左衛門、あの辻平内のようにまだ若く血気盛んなりし頃、俗人の入山を厳しく禁じていた鞍馬最奥の想戀院の守護剣法を噂に聞き、武者修業よろしく勇んで出向いてのう。だが、想戀院の遥か手前で守護の任に当たっていた寺院の手練れ僧兵に、こっぴどくやられたのだ。ははは っ」

「そのとき僧兵の用いたのが、無限の構えでございましたか」

「左様。但し僧兵の手にした棍棒が無限の構えを見せたあと、それがどのように動いたのか全く見えぬうちに首根を打たれて倒されていたわ。ははは っ」

高崎左衛門は若い頃を思い出すかのようにして、また笑った。どこか楽し気であった。

「ところで、政宗殿は左手を傷めているようだが、如何なされた」

「やはり先生には、お判りでございましたか」

「若かりし頃の私を倒した僧兵の無限の構えは、両手の構えじゃったからな」

「確かに少し理由がございまして、左手を傷めております。ですが、その訳について語ることは御容赦くださいませぬか」

「事情がありそうだな。よかろう。さ、入りなされ」

高崎左衛門と政宗は、小さな枯山水の庭に面した質素な座敷に戻って、再び向かい合った。

「ところで鞍馬最奥の想戀院の剣法は、戒律ことのほか厳しく俗人に漏れ伝わることを固く禁じた伝説の剣法の筈。それをどうして政宗殿は自らのものと出来たのかのう」

「それについても語ることを、お許しくださいませぬか」

「左様か。お手前は、よほど色々と深い事情を持っているようじゃの。が、それはそれで宜しかろ。その代りと言っては何じゃが、今宵は娘菊乃の手料理で、私の酒の相手をして下さらぬか」

「喜んで……」

と、政宗は微笑んだ。

「決まりじゃ。では仇を討つの探すのといった味気ない話は、それまでに済ませておくと致そう。もう一度詳しく聞かせて戴こうかな」

「承知いたしました」

政宗はやはり早苗の名は伏せて、話を切り出した。

五

菊乃の手料理のなかなかな味に満足し、美酒でほろ酔いとなった政宗は、それでも乱れることといささかも無く、高崎左衛門に見送られて玄関を出た。

菊乃は政宗が古道具商・原岡要平から預かった黒鞘の大刀を胸に抱くようにして、八脚門の外までついて来た。

空には月と無数の星屑があった。

「父の、あれほど楽しそうな顔は、本当に久し振りでございます」

そう述べつつ、菊乃は黒鞘の大刀を政宗に差し出した。

「立派な御父上です。さすが大剣客と言われるだけあって、話される言葉の一つ一つに胸打つものがありました」

「また是非、御出(おいで)くださいませ」

「ええ。菊乃さんの美味しい手料理を味わったのです。必ず、そのうちにまた訪ねたくなりましょう。その時は宜しく」

と、政宗は微笑んだ。

「はい。その日をお待ち申し上げます」

「出過ぎたことを一つ、訊ねさせてくださいませぬか」

「どのような事でございましょうか」

「菊乃さんの御母上の姿を見かけなかったのが、少し気になっております」

「あ……」

と菊乃は、月明りの下で視線を落とし、やわらかな肩の線をたちまち萎縮させた。

「これはいかぬ。私の無作法でした。お許しください」

政宗が小さく頭を下げてから、ゆっくりと踵を返そうとすると、「お待ちください」と忍び声の菊乃の手が、政宗の袖口を摑んだ。

「いや。菊乃さん。迂闊にも私は、とんでもない無作法を致してしまったようです。どうかお許しください。菊乃さんの心に痛みを呼び起こす過去を、思い出させてしまったのでは？」

「宜しいのでございます。政宗様なら、むしろ知っておいて戴きとう存じます。

わたくしの母は……わたくしの母は七年前、父の門弟と不義の仲となり……その挙げ句に二人して父を亡き者にせんと謀りました」

「なんと」

政宗は菊乃の話に、思わず言葉を失った。

「けれども二人とも逆に父に討たれ、自分にも門弟にも厳しい几帳面な性格の父は、事の顚末を所司代へ正直に届け出、父には何らのお咎めもございませんでした」

「高崎先生も菊乃さんも、そのように辛い過去を背負っておられたのでしたか」

「それだけに今宵の父の楽しそうな顔が、わたくしの胸に染みましてございます」

「辛い出来事をよく打ち明けてくださった。先生の笑顔が更に増えるよう、私も出来る限り訪ねてくるように致しましょう」

「宜しく御願い致します」

政宗は頷くと軽く一礼して、菊乃から離れて歩き出した。足元提灯の要らぬ月夜であった。

政宗は、菊乃に迂闊な問いかけをしてしまった自分を、恥じた。

(それにしても、あの高崎先生が、妻を手討ちになされたとは……)と、暗澹たる気分に陥る政宗だった。

大塚忠明、辰巳俊之助、久保澤平造の三名に関しても、政宗が高崎左衛門から得た情報は全く予想外のものであった。

大塚忠明の刀栄寺襲撃と不審死については、まだ高崎左衛門の耳には入っていないようだった。この点については東町奉行所で極秘の調べが始まったばかりなので政宗も承知はしている。つまり高崎左衛門の側にとっては、「大塚忠明の姿がここ数日見当たらない」という状況であった。

その大塚忠明であるが、新伝一刀流道場との関係は三か月程前から始まったばかりで、それも単なる客分扱いで、臨時の師範代を自ら買って出て務めていたに過ぎなかった。また辰巳俊之助と久保澤平造については、高崎左衛門は名さえ聞いたことがなかった。

今日、左衛門が二人の若い門弟と外出先から戻ってきたのは、ここ数日客分大塚忠明の行方が判らぬことについて、〝万が一〟の事を考え所司代へ報告を済ませてのことだった。そのあたりに、左衛門の謹厳実直な人柄が出ていた。

新伝一刀流道場へは、所司代の有力な与力同心が門弟として幾人も名を連ねていることを、政宗は左衛門の話から窺い知った。となれば、所司代の新伝一刀流道場に対する信頼は、相当厚い筈である。

政宗が道場の次の辻を右へ折れて立ち止まると、後ろから常森源治郎が足音を殺して追ってきた。

「若様、お戻りが余りに遅いので心配いたしておりました」

「いやあ、すまぬ源さん」

「稽古を終えて八脚門から出てきた門弟たちに、それとなく訊ねまするると、なんでも道場筆頭師範と名乗った若様が辻平内とかいう道場破りを一瞬の内に打ち据え、そのあと道場主の高崎左衛門先生と盃を交わしているらしいと言うではありませぬか。もう、びっくり致しました」

「はははっ。辻平内は道場破りではないが、まあ、門弟たちの話の大筋は間違っておらぬよ。心配をかけて申し訳ない」

「で、手配りした奉行所の手勢は帰しましたが、高崎左衛門先生から何か重要な話が聞けたのでございまするか」

「その前に確かめておきたいのだが、大塚忠明の刀栄寺襲撃と不審死に関し、東町奉行所から所司代へどの程度報告済みなのかな」

「刀栄寺が何者かに襲われ名刀が奪われた、という点につきましてのみ、東町奉行所から所司代へ報告を終えております。ですが大塚忠明云々(うんぬん)につきましては極秘の調べを始めたばかりでありまするから、事件の輪郭をもう少し鮮明に把握できてから所司代へ、というのが奉行宮崎重成様のお考えでございます」

「なるほど、あい判った」

政宗が歩き出すと、常森源治郎は肩を並べた。

政宗は、新伝一刀流道場の八脚門を潜ってから、出る迄の間にあった出来事を、常森に順を追って打ち明けた。

「左様でございましたか。私も、大塚忠明の刀栄寺襲撃や不審死については、高崎先生には、いや新伝一刀流道場には関係ないのではないか、と思うてはおりました」

「うむ」

「問題は、大塚忠明がなぜ高崎先生に近付いたかでありまするが、これは多分、高崎先生の信頼の厚さや名声の下に自分を置き、その七光りを己れのものにしようと謀ったのではないでしょうか。つまり名刹刀栄寺に接近する小道具として用いる等のために……」

「源さんの、その読みは案外当たっているかも知れぬな」

「だとすれば、辰巳俊之助も久保澤平造も別の輝きある場所に潜り込み、同じように七光りを得ようと謀っている恐れがありまする」

「剣の修業に旅立った剣客三人が、どういう訳で道を外れてしまったのか……もしかすると源さん、三人は剣の修業で江戸を離れたのではないのかも知れぬぞ」

「え……」

「三人には、もっと大きな別の目的があったのではあるまいか」

「刀栄寺を襲撃しなければならないような目的、がでございまするか」

「その刀栄寺襲撃も、目的遂行のための一つの手段であっただけのこと、とは考えられないかのう」

「だとすれば……大塚忠明の死は、彼等剣客三人にとっては、予想していなかった出来事と？」

「その可能性がある」

「わ、若様。大塚忠明の死によって彼等三人の目的遂行に大きな支障が生じたのであれば、残った辰巳俊之助と久保澤平造が焦りを抑えられず、その目的とやらに向かって一気に走り出す不安がございまする」

「それこそが拙い。奉行所は二人の行方を突き止めることに、全力を投じる必要があるぞ源さん」

「若様。私はこれより道場前の古道具屋へ戻りまする。藤浦兵介ら若い者三、四人を残しておりますので、彼等と急ぎ奉行所へ引き返し、辰巳俊之助、久保澤平造探索の手配りを立て直しまする」

「それが宜しかろう」

「では御免」

　常森源治郎が踵を返して走り出した。

　月夜をゆったりと歩む政宗の気持は、沈んでいた。彼は、この命を捨てても京の町に騒乱を起こさせてはならぬ、と思った。そのためなら、たとえどれほど大きな力に対してでも、立ち向かう覚悟であった。

「明日塾」に集まってくる極貧家庭の子供達の中に、才気煥発な子を幾人も見つけてきた政宗は、上層階級によって引き起こされる騒乱によって、その子供達が犠牲になることを最も恐れた。この国の明日を支えてくれる子供達なのだ。

政宗が東本願寺の北側の通りを抜けて、五条大橋に近い寺町へ入りかけたとき、背後から「ちょいと旦那」と鼻曇りの声がかかった。

政宗が振り向くと、ひと目でその筋の商売と判る女が、月明りの下に立っていた。

だが女は直ぐに、「あ、先生。ごめんなさい」と肩を落とした。

「お新さんか。鶴坊がこの二回ばかり明日塾に顔を見せぬが、どうしたのだ」

「それが、風邪をこじらせてしまったもので」

「それはいかぬな。熱はあるのか」

「煎じ薬が効いてきたらしく、今朝あたりから熱が下がってきました」

「そうか。これをな、薬料の足しになさい。医者も呼んでな」

「いけません先生。先生には御世話なりっぱなしで、何のお返しもできておりませんのに」

「大切な子供の病気だ。下らぬ遠慮はするものではない」

政宗は、女の荒れた手に半ば無理に一両を握らせた。政宗が（この子は大きく伸びる……）と見ている七歳の男児の母親だった。三年前に行商人だった夫を病（やまい）で亡くして以来、肌を売り歯を食いしばって貧しさと闘い一人息子を育てていた。

「風邪が治ったら、必ず明日塾へ来させるように。いいな」

「はい。行かせて戴きます」

「お新さんも、体には気をつけるのだよ」

「先生……」と、女は小判（こばん）一枚を握りしめた手の甲を、目頭に押し当てて泣いた。

「神も仏も真実を毎日見ていなさる。そのうちお新さんに、きっと日は当たろう。辛い毎日だろうが、近い将来を信じて頑張るんだ」

政宗はそう言い残して、女から離れていった。そう言うことしか出来ない自分の力の無さを悲しく思う政宗だった。

彼は、月の明りさえ闇に吸い込まれてしまうかのような、濃（こ）い闇が広がる寺町

（現、下京区平居町・本塩竈町・堺町あたり）へ入っていった。およそ二十ほどの中小寺院が集まっているこの寺町は、よく育った境内の樹木が枝を広げ、月明りを遮っている。

だが政宗にとっては、寺町を縦横に走るどの暗い通りも、心得た道であった。

その政宗の足が、寺町の中ほどに在る中規模な寺院、極楽寺（現存）の山門前で止まった。

「やはり現われたか……」と、政宗は呟いた。背後から、距離を詰めてくるやわらかな気配があった。が、そのやわらかさを政宗は、「必殺」の気配と捉えた。

彼は手傷を負っている左手を、袖内から出して振り返った。

とたん、夜気を裂く鋭い音が立て続けに、自分に集中するのを感じた。

政宗は片手で抜刀するや、闇に向かって剣を走らせた。キンッキンッキンッと乾いた音が三度鳴って、小さな青い火花が散る。飛来する何かを剣が弾いたのだ。

しかし、次の瞬間にはもう、頭上に張り出している巨木の枝から、凄まじい殺気が彼に降りかかっていた。

我が眉間を今にも割らんとする見えざる敵の気配を、政宗の剣は弾き返した。

いや、弾き返した積もりであったがそれは虚しく空を切り、第二撃目が首筋に迫っていた。信じ難い速さであった。

政宗は剣を十文字に走らせて闇を斬った。

それも手応えなく空を切った。

（なんたる手練れか……）と、政宗の全身にたちまち汗が噴き出す。

第三撃目が胴を狙いくると捉えた政宗は、地を蹴って宙に躍った。

が、その政宗に三撃目は吸い着くように迫り、はじめて剣と剣が激しく打ち鳴った。

宙に飛び散る青い火花。そして火花が黒ずくめを一瞬だが浮かび上がらせた。

二人の足が、地に着いた。ひとたび相手を認めた政宗の剣が、矢継ぎ早に烈しく打って出る。矢継ぎ早でないと、相手に反撃を許す危険があった。

相手は政宗の剣をはっきり見えているのか、見事に正確に受けた。

また受けた。更に受けた。あざやかな防禦。

ガチン、ガツンと鋼と鋼が連続して打ち鳴り、火花というよりは稲妻が二人の間に走った。それほど烈しい猛速の攻防だった。

その最中、相手の殺気がふわりと消失。けれども政宗に休みを与えるものではなかった。再びヒュッと夜気を裂き鳴らして、飛来するものがあった。一発目、二発目、それを政宗の剣は叩き落とした。火花が四散。

このとき政宗は三発目の唸りが、顔の直前に迫っているのを感じた。二発目を弾き落とした大刀を、三発目のそれに合わせる余裕はなかった。

のけぞって避けようとしたが、左の頰に冷たいものが触れ、ひと呼吸せぬうち激痛が顔全体に走った。

瞬間、相手の気配は、消え去った。政宗を倒したと、確信したのだろうか。

政宗は暫くの間、闇に向かって眼を凝らしていたが、やがて大刀を鞘に納めた。

痛む左の頰に軽く指先を触れると、ヌルリとした感じがあった。

「やられた……」と、彼は呟いた。

だが、それよりも気になっていることがあった。相手と刃を打ち合ったとき、嗅覚が強い煙草の臭いを捉えていたのだ。

風のない夜のため、その強い臭いはまだ微かに身近に漂っている。

（間違いなく奥義を極めたと思われる忍びであった……それも相当に煙草好き

な)

政宗は、そう思った。左の頬から首筋へ、生温(なまぬる)いものが這(は)い落ちた。

第九章

一

それから三日後の早朝。

東町奉行所の常森源治郎が、前夜泊まりだった藤浦兵介ら若手同心と組んで探索に出かけようとしていたところへ、生っ粋の京人の目明し、〝蛸薬師(たこやくし)の三次〟が顔色を変えて駈け込んできた。この三次、重傷を負って療養中の〝鉤縄の得〟こと江戸目明しの得次とも仲が良い。

「こんなに朝早くから、どうした三次。何かあったのか」

「常森様、こいつ等(ら)が……こいつ等が見つかりましたわ」

三次が懐から、辰巳俊之助と久保澤平造の人相書を取り出し、指先でパシッと弾いて見せた。

「なに、見つかっただと。何処でだ」

「とも角も、私について、直ぐに来ておくれやす」

「よし判った。案内(あない)せい」

「へい」

三次を先頭に、同心達は走り出した。

日頃から走ることの多い同心達の足腰は鍛えられていたが、行き先は遠かった。途中で三度ばかり休み、彼らがゼイゼイと喉を軋ませて、ようやくのこと辿り着いたのは紫竹村（現、北区紫竹かいわい）のはずれにある俗に幽霊沼と呼ばれている大沼の辺りであった。

「三次、ここは幽霊沼ではないか」

途中、三次も同心達もほとんど無言であっただけに、着いた思いがけない場所を常森源治郎は怪訝な顔つきで見まわした。

「彼処です常森様」

三次が指差した少し先に、彼の下っ引き二人がいて同心達に腰を折った。そこは沼で漁をする地元の住人が出入りしやすいよう、背丈ほどもある蘆が綺麗に刈り払われていた。

二人の下っ引きに近付いていった常森ら同心達は、愕然となって思わず背中を反らせた。下っ引きの足元に呼吸を止めた侍二人が並ぶようにして、仰向けに倒れている。赤黒い大量の血が刈られた蘆の根っ子の間を沼の方へ流れ、途中で地に吸い込まれていた。

「見つけたのは、この紫竹村に生まれた、こいつでして」と、三次が下っ引きの一人を指差した。小柄な若い下っ引きだった。

常森は頷いて、「手柄だ」と誉めつつ、懐から人相書を取り出した。

間違いではなかった。絶命している侍二人は、辰巳俊之助と久保澤平造であった。

常森は、辰巳と久保澤の死体を見つけたという、下っ引きに訊ねた。

「この村生まれとは言え、三次に使われているお前は日頃、京の町中に寝起きしているんだろう。どうして紫竹村くんだりにいたんだ」

「母親が、もう長いこと病で臥せっていますんで、月のうち二、三度は夜明け前に町中を発って家へ帰るようにしています」

「そうか、それで偶然、見つけたという訳か」

「へい。沼の脇の道は、家への往き来に必ず通る道ですよってに」

「うむ」

「見つけて直ぐ、幼なじみの耕作という足の速い男を三次親方の所へ知らせに走らせ、百姓している親父も庄屋へ行かせて、村の者が現場へ近付かんよう手を打って貰いました」

「その通りで……」と、三次が付け足した。

「ようやった。見事な手配りだ。少ないがな、これで母親に何か滋養のあるものを食べさせてやってくれ」

常森は、心細い巾着から小銭を取り出し、下っ引きの手に掴ませた。

「こ、これはどうも」

「有難うございます」と、三次も下っ引きのために頭を下げた。

常森ら同心達は、血溜まりを避けて遺体を取り囲んだ。

若い藤浦兵介が先ず、遺体の鼻先に掌を近付けた。この時点では、彼等同心にとって二人の遺体は、まだ遺体ではなかった。遺体と確認できていない、ということである。

次いで、藤浦は、遺体の手首に指先を触れ脈を取った。

ここで彼は常森源治郎と目を合せ、「呼吸なし、脈なし」と告げた。二人の侍の死を確認したのである。

　常森が頷いた。

　しかし、二人の侍の死は見た途端に判ることであった。ザックリと割られた首と、下になっている背中からの大量出血が、それを物語っていた。肺の動きもなかった。藤浦兵介の取った行為は、あくまで確認のための検視行為であった。

　検視の源治――常森源治郎の目は、遺体の首筋に集中していた。

「妙な割られようだな兵介。どう見ても普通の刃物によるものじゃあねえぞ」

「三次、手拭いでも持っていたら、貸してくれるか」

　藤浦兵介が三次の方へ、右手を差し出した。

　そばにいた三次が「へい」と、腰帯に下げていた手拭いを、藤浦に手渡した。

　藤浦はその手拭いで、粘液状に化しつつあった首筋の血を用心深く拭った。

　傷口が、はっきりと現われた。

「ここを見ねえ」と、検視の源治の右手人指し指が、傷口の一点に近付いた。

「大きく割られている傷口は一か所ですが、表層部分つまり皮膚は三段に裂かれていますね」

「よう判ったな兵介。この小さな三段の裂け口が」

「そりゃあ、口うるさい検視の源治の一番弟子と思っておりますから」

藤浦兵介が、にこりともしないで言うと、常森はチッと舌を鳴らして苦虫を噛(か)み潰(つぶ)したような顔をした。

「お前達(めえ)、表層部分が小さく三段に裂けたこの傷口。凶器は何だと見る?」

常森が同心達の顔を見回したが、返答はなかった。

「兵介も判らねえのか」

「はい」

「儂(わし)も自信があって言う訳じゃねえが、こいつあ……忍びが使う十字手裏剣のようなものではないかな」

同心達も目明し達も表情を止めて、遺体の首筋を凝視した。

常森は言葉を続けた。

「手練れの忍びが放つ十字手裏剣は、水平に飛ぶとは限らない、と聞いたことがある。四枚の刃を揺らしながら彎曲(わんきょく)、水平、垂直など凄(すさ)まじい速さで変幻自在に飛ぶそうだ」

「なるほど。それだと首筋に命中した瞬間、皮膚を三段に裂くことなど、難しくなさそうですね」

同心の一人が相槌を打った。

三日前の夜遅く、松平政宗が手練れの忍びと思われる刺客に襲われて頬に傷を負ったことを、常森源治郎はまだ知らない。

政宗の頬を傷つけたその凶器こそも、暗夜を猛烈な速さで飛び来る〝何か〟であった。

その〝何か〟が、十字手裏剣だったのであろうか。

「兵介、死体の強張り状態も調べてみろ。他の皆もだ」

「判りました」

答えて藤浦兵介をはじめ同心達は、遺体の関節を動かしにかかった。死亡と同時に弛緩が始まる〝死体の筋肉〟であるが、一定時間経過すると今度は筋組織は硬直し始める。いわゆる死後硬直である。

その硬直の程度からおおよその死亡時刻を推し測ることを、検視の源治から徹底的に教え込まれてきた藤浦ら若手同心達であった。

死後硬直は、遺体の関節すべてに同時に出現する訳ではない。死後二刻半（ふたときはん）から三刻（みとき）以内（五、六時間以内）に、どこかの関節に順に出現する。

「儂のこれ迄の経験では、剣術など武道の鍛錬で筋肉の発達著しい侍の死後硬直は、末生り（うらなり）侍よりも遥かに強く出る。また若い者（もん）の死後硬直は、年寄りよりも強く出る。これについては幾度も教えてきたな。その点を忘れるなよ」

同心達は遺体に触れながら頷き、常森は言葉を休めた。

「ひとつ訊（き）いて宜（よろ）しいでしょうか」

やや経って藤浦兵介が遺体の肘（ひじ）関節を折り曲げようとしながら、口を開いた。

「なんだ。遠慮なく訊いてよい」

「これ迄に殺された何人もの死体を検（み）てきた訳ですが、気のせいか、どの死体の表情も私には穏やかに見えました。この二人の侍の表情もそうです。これは矢張り、若い我々の目が鍛えられていないから、そのように見えるのでしょうか」

「いいところに気がついたな兵介。誰がその点に気付いてくれるかと、意地悪く待ちに待っていたのだ。実は顔の筋肉だが、体が死を受け入れた瞬間に弛緩し、そのため死の直前の表情は消失してしまうのだ。そうして、表情消失状態のまま死後硬直へと移行するのでな、無残に殺された者の死体であっても表情は無表情つまり穏やかなのだ」

「すると殺された者の表情は、殺される直前の恐怖や苦痛を必ずしも物語ってはいない、ということになりますね」

「うむ。そういう事だ。ま、例外は決して無い、とまでは言わぬがな」

〝蛸薬師の三次〟も、彼の配下の下っ引きも、常森の話を聞きながら感心したり驚いたりして頷きを繰り返した。

二

辰巳俊之助と久保澤平造の殺害されたのが、同心らの検視によって、おおよそ三刻ばかり前と判定されると常森源治郎は、あとの処置を藤浦兵介らに任せ紅葉屋敷へ向かった。

辰巳と久保澤は背中も斬られていた。同心らにより、これは刀によるものと判定され、その傷の深さから、切創というよりは割創であるとされた。つまり刀の刃部で背中を強く打撃して人体に刃部をめり込ませ、瞬時に上から下へと縦方向に走らせて出来た傷、ということである。

十字手裏剣の技法に優れ、剣術も皆伝級以上の腕前、跳躍力にも長け相手の背後へ一気に回れる尋常ならざる人物――忍び――それが同心らによって下された下手人像であった。

紅葉屋敷の近くまで来て、「お……」と常森の足が止まった。今しも下働きの老爺喜助に見送られて、小僧を従えた僧侶が出て来るところだった。

常森は、その僧を見知っていた。市中見回りの際、たまに立ち寄って短い世間話などを交わす寿命院の住職、真開であった。

(あれは……もしかすると薬箱?)と、常森は小僧が右手に下げている、それらしき木箱に注目した。

こちらへ向かってくる真開和尚が立ち止まっている常森に気付いて、「やあ」と破顔した。

「これは和尚様。紅葉屋敷から出てこられるとは、また珍しい所でお会いしまするな」

「なあに。ここの松平政宗様は碁敵、将棋敵でしてな。用があって近くまで来たので、ちょいと顔出しさせて貰いましたのじゃ」

「ほう。左様でしたか。ところで和尚様は医術の心得があることで、知られた御方。誰ぞ、この界隈に急病人でも？」

「いやいや。この先の檀家総代に、小さな相談事があって訪ねましたのじゃよ。お前さんは、これからどちらへ？」

「小僧さんの持っている木箱は、薬箱ですな」と、真開和尚の問いを躱して逆にさり気なく訊き返す常森だった。

「あのな、お前さん。医術と申すのはな、誰に用いたか軽々しく口にしてはならぬことじゃ。病人の命を守るだけではなく、病人の立場を守ることも、医術にとっては大切なのじゃ。奉行所の御役人ならば、そのくらいのこと心得ておきなされ」

　真開和尚は目を細めつつ、やんわりと言って常森の脇をすり抜けていった。

「ははは。これは一本取られましたな」

　常森は頭の後ろに手をやって、和尚の後ろ姿を見送った。

だが彼の表情は、直ぐに厳しくなった。ひょっとすると若様の身に何事かあったのではないか。そう心配した常森は、小さくなっていく和尚の後ろ姿に一礼し、踵を返した。

開いていた門の内側で、竹箒(たけぼうき)を手にした下働きの老爺喜助が、「御出(おいで)なされませ」と常森を待っていた。

「いま其処で寿命院の真開和尚と出会(お)うたが、若様に御変わりはありませぬかな」

「はい。お元気になさっておられます。さ、どうぞお入りくだされ。若様はいつもの奥の座敷にいらっしゃいます」

「左様か。では……」

常森は何色(なんしょく)にも熟したモミジの枝々の下を潜って、奥へ向かった。下働きの老爺の受け答えが余りにも落ち着いていたので、彼の足はかえって逸(はや)った。

モミジの隧道(ずいどう)の中ほどまで来たとき、常森は急に立ち止まって辺りを見回した。

「はて?」

彼は首をひねって、(気のせいか……)と思った。吸い着いてくるような視線を感じたのだが、その気配はすでに消えていた。

常森は歩き出した。けれども、すぐにまた立ち止まった。見られている感じが矢張り〝出現〟したのだ。

（気のせいではない。確かに見られている）と、常森は体の位置を変え、頭上に張り出しているモミジの枝々の向こうへ目を凝らした。

が、気配は彼が足を止めると同時に、消えていた。

「これはいかぬ」

常森は呟くや、走り出した。江戸は神田の神念一刀流馬矢原道場の剣客、辰巳俊之助と久保澤平造が、手練れの忍びと思われる何者かに殺害されたばかりである。しかも、二人とも刀を鞘から抜ききらぬ内に倒されていたことから、〝手練れ〟という形容では収まりきらぬ〝恐るべき〟忍び、と思う必要があった。

松平政宗は、座敷の縁で端正に正座をし、黒鞘から静かに大刀を抜いたところであった。

その政宗の頬と左手に、手当が施されていると知って、常森源治郎の顔から血の気が失せた。

「わ、若様。いかがなされました、その左手と頬は」

「お、源さん。幾日かぶりだな」

「幾日かぶり、ではございませぬ。手傷を負うていなさるではありませぬか。一体どうなされたというのです。つい今しがた、お屋敷そばで真開和尚に、出会いましたが」

「そうか。真開和尚に出会ったか」

と言いながら、刀の刃にしみじみと眺め入る政宗だった。

「なあに、真剣での稽古に少し熱が入り過ぎてな。未熟にも稽古傷を受けてしもうたわ。それで真開和尚に手当をして貰うたのだ」

「若様が稽古傷を？」

常森は疑いの目つきをして、小さく首をひねった。

「源さん。当人がそう言うているのだ。それでよいではないか」

「は、はあ……」

「それよりもな、この黒鞘の刀を古道具屋の原岡要平に返しておいてくれぬか。鈍らだと申すから気安く借りたのだが、大変な業物と判ったわ」

「わたくしの鈍らを、要らぬ、とお断わりなされた、あの日の事でございまするな」

「左様。この刀を篤(とく)と見られよ。姿が強く身幅の広い猪首切先(いくびきっさき)風の豪壮さ、それに沸本位(にえほんい)のたれ乱(みだれ)に丁字乱(ちょうじみだれ)が交り、まぎれもなく京鍛冶来国行(みやこかじらいくにゆき)の作ぞ」

「え、まことで？」

「しかも、京という土地柄つまり公家向けの優美さを鎌倉武士風の豪壮さの中に見事に生かしておる。まさしく天下の名刀よ」

「あの原岡要平が、それほどの刀を得ておりましたか」

「あの店、古道具商としては繁盛しておるのか」

「古道具商となりし経緯(いきさつ)が経緯でございまするから、所司代や奉行所のさり気ない後追しもありまして、大名家大商人の信用も厚く、相当に繁盛しておりますようで」

「ならば、金に困った大名旗本家あたりが、この来国行を手放したのかもしれぬなあ。値打ちの判らぬ金貸しへ持ってゆけば、二束三文に叩かれるであろうからのう……ともかく、この刀は返さねばならぬ」

「原岡要平に返せ、と申されるなら返しまするが、若様ご愛用の刀は研ぎが済みましたので」

「研ぎ終って、真開和尚が訪ねて来る少し前に床の間に戻ってきておるわ」

政宗はそう言いつつ、来国行を鞘に納め、常森に差し出した。

常森は、「はい」とそれを受け取りながら床の間へ視線をやった。

なるほど、粟田口久国は確かに床の間の刀掛けに乗っていた。

「ところで、若様」

「ん?」

「早苗さんの仇、神念一刀流の剣客辰巳俊之助と久保澤平造でございまするが、今朝早くに遺体で見つかりました」

「なにっ」

驚いた政宗の双眸が、秀麗優美な面立ちの中で、鋭く光った。

常森は二人の遺体が、目明し三次の下っ引きによって発見されてから、奉行所同心によって検視されるまでを、こと細かく政宗に打ち明けた。

「そうか……同心たちは下手人を、希に見る凄腕の忍び、と見たか」

「さようで」

「神念一刀流の剣客と言われた二人が、共に刀を鞘から抜ききらぬ内に殺られるとはなあ」

「ところで若様……」

と常森源治郎は、座敷を取り囲むように繁茂しているモミジと、鯉が水面で泳いでいる池を、薄気味悪そうに見回した。

「どうした源さん。その目つきは」

「はあ。実は紅葉屋敷の御門を入って、庭道(にわみち)をこちらへ参りまする途中で、何者かに見られているような気配を感じまして」

「何者かに見られているような？」

「辰巳と久保澤の剣客二人が忍びかもしれねえ奴に殺られているだけに、ちょいとばかり不安になりましてね。歩みを止めて辺りを見回すてえと、その気配は消えてしまうのですよ」

「なるほど、この屋敷に何者かが忍び入った、ということか」

「念のため下働きの者や、母上様のお耳へも、ひとこと入れておいた方が宜しくは御座いませぬか」

「うん、考えておこう」

「辰巳と久保澤が殺られたこと、早苗さんに知らせる事になりますが、事件を取り扱った我々奉行所役人から伝えねばなりませぬ事を、ご了承願いたく存じまする」

「それはむろん、先ず源さんが動いてくれるのが、正しい手順であろうよ。聞いて早苗は仇を討てず残念がるだろうが、ひとつ上手に言葉を選んで打ち明けてやって戴(いただ)きたい」

「お任せくだされ。それよりも、何者かが忍び入ったかも知れぬこの御屋敷のことが心配です。奉行所(うち)のしっかりとした同心三、四人を、暫く張り付けさせて下さいませぬか」

「なあに、それは御無用」

「ですが、若様はお怪我を……」

「手の傷はほとんど治りかけておるし、頬の傷は小さな擦(かす)り傷です。この屋敷は私が守る。心配しなさるな源さん」

「本当に手も頬も大丈夫でございますので？」

「うむ。大丈夫」

「左様ですか」と言いながら、常森はまた不安気に辺りを見回した。

異常はなかった。紅葉の美しさだけが、辺りに満ち満ちていた。

三

政宗にとって何事も無い日が過ぎていった。それまでの荒々しく危うい出来事から考えて、それは不自然なほど穏やかな毎日だった。早苗は仇を討つという目的を失ったせいか、紅葉屋敷へ剣術の稽古に訪れなくなり、連絡の一つも寄越さなくなった。

政宗も、手と頬の傷が完全に癒えるまではと、あえて自分から早苗を訪ねなかった。

目的・目標を失ったことで受けた早苗の精神的打撃については、彼女への報告の役目を負った常森から詳しく聞かされている。

「暫くの間、そっと一人にしておいてあげた方が宜しいかも知れませぬ」

政宗への報告で、常森は、そう締め括っていた。

政宗は、明日塾だけは一日たりとも休まなかった。その日暮らしの河原者の子や夜働き女の子達の教育的成長は、今や彼にとって大きな楽しみだった。

常森源治郎も公務が休みの日の夜は、役人の臭いが染みついた着物を脱ぎ捨て、粗末な普段着で明日塾の講師を引き受け出した。これも子供達の評判は、なかなかのものだった。むろん、あの事件この事件の下手人を求めて連日、東奔西走の忙しい彼である。

そのようなある夜、近江膳所・本多氏の京屋敷（現、東山区新橋南通あたり）に近い神泉寺本堂に教室を置く明日塾へ、思いがけない人物それも大変な大物が訪ねて来た。

京都所司代・永井伊賀守尚庸である。

所司代を務め上げた者は、のち幕府老中に就く者が多く、その意味では幕閣に直結している要職と言えた。そのため所司代はしばしば「西の幕府」とも呼ばれたりしている。

幼い塾生五十人ほどを前にして「善の心、悪の心」を語り聞かせていた政宗のところへ京都所司代の来訪を告げに来たのは、寺の小僧だった。

耳打ちされた政宗は「ほう。そのような方が駕籠にも乗らず供を三人従えただけの、お忍びでか……」と怪訝な顔つきで呟き返した。「西の幕府」の頂点に立つ者の外出としては、余りにも無用心過ぎ、また異例過ぎたからだ。しかも夜中である。

政宗は幼い塾生たちに「あとでお前たちに、自分の善の心はどのような形をしているかな、悪の心は胸の中に隠れているかな、について語って貰うからよく考えておきなさい。皆で話し合ってもよいからな」と課題を与えて、小僧と一緒に本堂を出た。

長い廊下を二度折れて庫裏の奥座敷へ行って見ると、床の間を横に位置させて老僧と所司代永井伊賀守と一目で判る武士とが向き合っていた。供の三人はいかにも屈強そうで、座敷を入った左手隅に控えている。

上座に座らず、また供侍を座敷の片隅に控えさせている所司代を、政宗は（なかなかの人物……）と読みつつ縁に正座をした。

「松平政宗、参りましてございまする」

初対面であった。

「お、政宗様。ともかくも、さあ、お入り下され。ささ、ここへ」

老住職が自分の座を空けようとした。

「いや和尚、わたくしは此処で結構です」

「そうも、いきませぬのじゃ。この老い耄(ぼ)れは席を外しますでの」

政宗を促すと、老住職は白く長い顎鬚(あごひげ)を撫(な)でつつ、さっさと座敷から出ていった。

障子は開け放たれたままで、心地よい秋の夜風がふわりと入ってくる。

「お初にお目にかかります。京都所司代、永井伊賀守尚庸でござる。お見知りおきください」

物静かで丁重な挨拶(あいさつ)であった。政宗も身分素姓には触れず、サラリとそれに応えた。

「聞けば政宗様は日当たらぬ貧しき家庭の幼い童(わらべ)たちのために、明日塾なるものを設けておられるとか」

　政宗の素姓をどのように捉(とら)えているのか、永井伊賀守の「政宗様」には、明らかにやわらかな響きがあった。つまり権力者としての〝押し〟の印象は無かった。

「はい。この国の次の時代を背負うてくれるのは、子供たち。そう考えて塾を開いて、はや三年になりまする」

「子の頭脳(あたま)というのは柔軟なだけに、ひとたび教え方を誤ると、大変なことになりまするな」

「伊賀守様は、何をご心配なさっておられるのでしょうか」

「いやなに。政宗様の教え方が、どうのこうのと申す積もりはござりませぬ。あくまで教育の基本に触れただけのことで」

「確かに教育が一つの物の見方しか出来ぬ人間をつくり上げてしまうのは、大問題でございまする。幼い童たちにとって重要なのは誤りなき多様性。その姿勢で取り組んでいるつもりでありまするが」

「で、大器となりそうな子供は、日当たらぬ貧しき家庭の中から、見つかりそうですかな」

「はい。両の手では数えられぬ程に」

「それはまた……」と、永井伊賀守は目を見開いた。

「伊賀守様。政治にも、財政にも、軍務にも、大きな商いにも、優れた指導者というのは欠かせませぬが、その指導者をどのようにして選ぶかが、この国の将来を決めるのではありますまいか」

「と、申されますと？」

「定められた日当たりのよい狭い中から、指導者が選ばれるのではなく、その外側にある日当たらぬ広い所からも有為の人材を見つけるべきでございましょう。それが明日塾の精神でもあります る」

「なるほど、道理ですな。その明日塾の様子は、のちほど見せて戴きましょう。しかし現実は余りにも厳しいとは思いませぬか。綺麗すぎる理想論では、とても世の中を支えることは出来ますまい。それと、著しく不遇な貧しい親の後ろ姿を見て育った童たちには、世の中に対する反発の心が宿っている筈。その子らが、教育によって〝知識という力〟を身につけたなら、将来、反幕集団を形成することに結びついてゆきませぬか」

「これはしたり……」

「まあまあ、政宗様。この伊賀守、感じた不安を正直に口にしたまでのことです。あまり身構えて下さいまするな」

と、永井伊賀守は静かに微笑んだ。

「身構えは致しませぬが伊賀守様。もし教育によって〝知識という力〟を身につけた恵まれぬ子らが、伊賀守様の申される反幕集団とやらを将来、形成したならば、それは反幕集団ではなく、恐らく〝知による〟支援集団と呼ぶのが正しゅうござりましょう」

「ほほう。幕府を支援する集団、ですか……」

「明日塾が童たちに対し強く説いているものの中に、暴力の否定、というのがあります。自分の身を守るために強くなるのはよいが、その強さを権力欲、物欲などを満たすために行使してはならぬ、と機会あるごとに説いております」

「左様でございましたか。よく判り申した政宗様。この伊賀守、それを聞き安堵いたしました」

「今宵は明日塾のことが心配でわざわざ、お訪ね下されたのでしょうか」

「いやいや、実を申せば明日塾の活動についても、政宗様の御素姓に関しましても、所司代は相当以前よりそれなりに内密の調べを済ませておりましたゆえ、心配など致しておりませなんだ。今宵訪ねて参りましたのは……」

そこで言葉を切った永井伊賀守は、振り向いて供侍たちに頷いて見せた。

供侍たちが目礼して座敷から出てゆき、障子を閉めた。

それを待っていたかのように、永井伊賀守の表情が暗くなった。

「政宗様。これからお話し申し上げることは、言葉を飾っていては問題の核心がぼやける恐れがございまする。したがって率直に、いや単刀直入に語らせて戴きますが、それだけに御無礼となる場面があるやも知れませぬ。御承知戴けますまいか」

「結構です。どうぞ」

「実は所司代の探索方はここ数か月、有力公家衆に不穏な気配あり、と睨(にら)んで目を光らせておりました」

「その不穏な気配、と言いますのは？」

「反幕勢力形成に結びつく動き、とでも申しておきましょうか」

「ほう。事実とすれば所司代としては放置しておけませぬな」

「ところが、所司代が密かに監視していた有力公家衆が先頃、次々と自害して果てました。これについては政宗様も、御存知でござりましょう」

「はい。文芸、武術などを通じて公家衆とは交流がありますから、自害の悲報については耳に入って参りました。しかし、何が原因で自害という悲劇が生じたのかは知りませぬ」

「この自害騒ぎについては、政宗様は関知していない、と申されるのですな」

「関知と？　これは妙な問いかけをなさいますな」

「お答え下され。これは江戸の幕閣に代わっての尋問でござる」

「ということは、それらの騒ぎの探索の結果はすでに、幕府へも届いているのですな」

「所司代が重要と判断した情報は、好むと好まざるとに拘わらず幕府へ報告致さねばなりませぬ。それが組織の役割と言うものではございませぬか」

「確かに左様」

「お答え下され政宗様。自害騒ぎに政宗様は関わっておられませぬな」

「伊賀守様……」

「はい」

「では申し上げましょうか。私は父の承諾を得た上で、京の町を騒乱に導く恐れのある勢力の中枢部を、力でもって叩き伏せました」

「な、なんと申されます」と、永井伊賀守はさすがに驚いて顔色を変えた。

「これ以上のことは申し上げられませぬ伊賀守様。ただ騒乱が勃発(ぼっぱつ)する恐れは著しく縮小したか、消滅したと思うて下され」

「その感触は所司代の情報探索方も摑んでおり申した。それも余りに急な鎮まり方でしたゆえ、形を変えて地に潜ったのでは、という意見が出たり致しましてな」

「では、所司代は、有力公家衆の自害を、どのように捉えておられたのです？」

「あれは、組織分裂が原因ではないか、という探索方の報告でした」

「ともかく、騒乱を起こす気配のあった指導的勢力は、すでにその力を失ったと思うて下されて大丈夫です。この勢力の不穏な動きを理由として、もし江戸幕府が絶好の機会とばかり朝廷・公家衆を屈伏解体させようとするならば、この政宗、命を張ってでも黙ってはおりませぬぞ」

「ま、政宗様……」

「伊賀守様、私に会うて、治りかかっておるこの頬の傷と左手の傷に気付かれた筈。これらの傷は、不穏な勢力と対峙した時に受けた傷でございまする」

「まことに？」

「偽りを申し上げる積もりはありませぬ。どうか江戸の幕府へ御報告くだされ。京に於ける不穏な勢力はすでにその力を失い、公家衆は穏やかで礼節ある毎日を取り戻しておると。また今回の件に関し、朝廷は初めから全く関知していなかったと」

「政宗様は先程、父の承諾を得た上で、と申されましたな」

「はい」

「所司代では政宗様の御血筋を、近衛家もしくは鷹司家（この時代の関白）あたりではないかと推量致しておるのですが、違いましょうか」

「違いまする」

「とりわけ近衛家は、これまでに摂政・関白になること二十六度（一八六七年の王政復古の大号令で廃止されるまでに三十三度）の名家中の名家。その近衛家と政宗様とが、何となく似合うていたような気が致しておりましたが」

「近衛家と私とは、血筋云々の関係はありませぬな」

「では政宗様が、先程お口になされた〝父〟と申される御方は？」

「その父のことを明かせば、幕府への報告について、万全を図って下さいまするか」

「誓って……この永井伊賀守尚庸、身命を賭しまする。なおかつ、打ち明け下された父君の御名については、この伊賀守ひとりの胸の内に生涯秘めまする」

永井伊賀守はそう言うと、立ち上がって障子を左右に大きく開いた。座敷前の縁に供侍の姿はなかった。遠く離れた位置に正座をしていた。

伊賀守は再び障子を閉じ、政宗の前へ戻った。

「誓いの血書が、必要ならば……」

脇差に手をかけようとした伊賀守を、「あ、いや」と政宗は軽く手を上げて制した。

「伊賀守様のお人柄は話の節々から、心服できる御方とよく判り申した。血書などは必要ございませぬ」

「心服とは恐縮……」と、伊賀守は目を細めた。
「私の父の名は」
「お父君の御名は……」
「仙洞御所に居わす……」
「あ」と伊賀守が、政宗の言葉を皆まで聞かぬうち驚きの声で押さえ、座ってい
た座布団より素早くずり退がって畳に両手をついた。あざやかな変わり身は、さ
すが幕府要人と接触の多い人物だけのことはあった。
「まさかの御言葉。所司代とは申せ余りの無作法、なにとぞ御許し下されませ。
身の内より、汗噴き出してございまする」
「お手を上げてくださいい伊賀守様。素姓を明かせば、そのようになるのではと思
うて打ち明けたくはなかったのです。それをさせたのは、伊賀守様のお人柄。さ、
元の座にお戻りなされませ」
「不躾の数々、お許し戴けまするか」
「許すも許さぬもありませぬ。共に平等対等の立場と思うてこそ、話も意思も通
じ合いまする」

「しかしながら、平等対等の立場こそ、お互いの確固たる礼節が何よりも不可欠。この伊賀守、迂闊(うかつ)にもそれを忘れましてございまする。申し訳ございませぬ」

「ははは っ。まだ申されますか。ささ、元の座へ」

「は……」

ようやく元の座に戻った京都所司代・永井伊賀守尚庸は、ふうっと小さな息を一つ吐いてから、しみじみと政宗の顔を見つめた。

政宗は、思わず苦笑を漏らした。

「政宗様、それに致しましても、こうして改めて拝見させて戴きますと、隠そうとしても隠しきれぬ人となり、なるほどと頷けまする。心配は頰と左手の傷、いたいたしさは薄らいでおるようですが、大丈夫でございますか」

「それでは手傷を負うに至りました一部始終について、伊賀守様に順を追ってお話し申し上げましょう。幕府へ御報告下さるには、それが欠かせぬでありましょうから」

「是非にお願い致します」

伊賀守はひと膝のり出すようにして、真剣な顔つきになった。

第十章

一

モミジが紅い花びらのように散るのが目立ち始めたその朝、秋の終りを告げるような心細い糸雨（いとさめ）が降った。

座敷で『剣禅』と題された著者不詳の厚い書物に目を通していた政宗は、それを静かに閉じて瞼（まぶた）を下ろした。『剣禅』と題されたそれは、剣術の本などではなく朱子学にやや批判的な、哲学的啓蒙書（けいもうしょ）（新しい知識を与え導く書物）であった。

しばし考え込むように瞑想（めいそう）に耽（ふけ）っていた政宗は、やがて立ち上がり縁に出た。

紅葉しきったモミジが、糸雨に混じって盛んに散っていた。それがまた幻想的なほど美しかった。なにしろ紅葉屋敷と呼ばれている屋敷である。数え切れぬ程の紅葉樹が屋敷地を覆っているため、モミジの散り様（よう）は圧巻だった。

それに見とれていた政宗の優しく端整な表情が、僅（わず）かに動いた。

（来たか……）と、彼は胸の内で呟（つぶや）いた。突き刺さるような視線が、訪れていた。このところ、朝昼夜を問わず、ほとんど毎日のようにである。ときに、その視線が凄まじい殺気と化すこともあった。今にも襲いかかってくる〝気〟を発すること も、二度や三度では済まない。

が、そのような時でも政宗は床の間の粟田口久国を、腰帯に差すようなことはしなかった。

政宗は不意に、凜とした響きの大声を発した。

「気宇壮大にして旗幟鮮明たれ。朽木糞牆たる己れは鶏鳴狗盗なり」

宙に向かって言い終え、政宗はニコリと微笑んだ。

肌に突き刺さるかのような視線が、消え去った。

めっきり白髪の目立つようになった女中のコウが、廊下をすり足で急ぎやって来たのは、この時だった。なにやら白紙のようなものを手に持っている。

「若様……」

「ん？」

「ただいま早苗様の使いの者でトヨと申す者が参り、この書状を若様に御手渡し願いたいと」

「おお、トヨが参ったのか。構わぬ、上げてやりなさい」

「これから何軒も回らねばならぬとかで、もう帰りました。なんでも、胡蝶が改装なっていよいよ店開きになるとか、申しておりましたが」

コウはそう言い残して、戻っていった。

政宗は横に三つ折の書状を開いてみた。なるほど、胡蝶新装開店の早苗からの招待状であった。達筆である。文章には無駄がなく、小気味よく上品に流れていた。早苗の教養の深さが知れる格調高い招待状だった。

「明後日の夜か……」と、政宗は呟いた。

彼は床の間の粟田口久国を腰に帯びると、傘を差して屋敷を出た。

糸雨に打たれて、傘が小さく鳴った。

彼は紅葉屋敷から、さほど離れていない相国寺（同志社大学に隣接。後水尾帝歯髪塚あり）の境内に入っていった。この時代の相国寺の境内は、境内と言うには余りにも広大すぎ、御所に匹敵する広さがあった。

ゆったりとした足取りで、彼は相国寺を西から東へと抜け、百姓家と田畑が入り組んでいる一画を過ぎて寺町（現、北区上善寺門前町、天寧寺門前町、上京区高徳寺町、鶴山町）へと入っていった。相国寺の真東に位置するこの寺町には、十三の寺と一つの神社が南北に連なって一画を形成している。最北の神社は御所八幡、最南の寺は立本寺である（共に現存せず）。

政宗は立本寺の境内を東へ抜けて、すぐ裏手の御土居へと上がった。

目の前で賀茂川と高野川が合流し、広い河原が出来ていた。その河原で、破れ衣（ころも）を身に纏（まと）った幼い子供たちが、糸雨など何処吹く風で元気に飛び回っている。

政宗と対決して闘死した大宮窓四郎なる人物が、目をかけ可愛がっていた子供たちであった。

政宗は目を細め口元に笑みを浮かべて、子供たちを見守った。

「あ、おじちゃんや」

幼い女の子の一人が政宗に気付いて、黄色い声を張り上げ手を振った。テルという子であった。

政宗が手を振り返して御土居を下りると、子供たちが「わあっ」と糸雨の中を駆け寄ってきた。

大宮窓四郎を倒した政宗が、子供たちにこのように歓迎されるまでには曲折があった。子供たちの親が、無視、というかたちで、繰り返し訪れる政宗を拒否したのだ。

貧しい下層の人々の、社会を見つめる目は厳しい。その厳しさは、いっさいの計算を排除した純粋に手厳しいものであった。

しかし政宗は、いつも暮らしている身なりで河原を訪れた。粗末な着物に着替えることは、敢えてしなかった。それこそが彼等に対して偽りを演じていることになる、と思ったからだ。ありのまま、自然のままの自分を、見て貰う積もりだった。

そうするうち、無視、というかたちの拒否が変わり出した。子供たちが政宗との距離を詰め出しても、親たちが黙認するようになったのである。

「おじちゃん、今日は御釈迦様の話が聞きたいわ」

最初に政宗に気付いて手を振った幼い女の子テル――四歳――が、両手を上げながらせがんだ。

政宗は、殆どボロ布と言っていいそれを纏っているテルに傘を預け、抱き上げてやった。

「傘、重うはないか」

「平気や」

「それにしてもテルは御釈迦様という言葉を、よく知っていたなあ」

「お父ちゃんに教えて貰たんや」

「そうか、お父ちゃんにか」

「御釈迦様をいつも心の中に持ってる人は、悪い事をしようと思ても、直ぐに自分でハッと気付くんやて」

「じゃあ、悪い事をしてしまう人は？」

「御釈迦様の心がない人や。そうやろ」

　政宗は四歳のテルの利発さに、かねてより注目していた。とりわけ発想力に優れており、話し方も極めて秩序正しく、しかも物語性が豊かであった。

（この子は教育次第で、次の時代の清少納言か紫式部になるのでは……）と、政宗が本気で思ったりする程だった。

「よし、では今日は御釈迦様の話だ。大岩へ行くぞ」

　政宗が言うと、子供たちは歓声を上げて駈け出した。流れのそばに大人五、六人が座れそうな大岩があって、その大岩の下に子供たち二十五、六人が車座になれる真っ平らな石床がある。

　そこへ向かって駈けていく子供たちを、鴨川にかかった木橋周辺の小屋から糸雨の中に出てきた親たちが、眩しそうに眺めた。なかには微笑んでいる親もいる。

「テルは学ぶことが好きか」

「うん、好きや」

「何を学びたいのかな」

「絵を描いたり、色々な文章を書いたり……」

「では、おじちゃんと一緒に絵や文章を学ばないか」

「うん。するする」

「本当かな」

「本当や。テルは、おじちゃんが好きやから。お父ちゃんも、お母ちゃんも、おじちゃんが好きや言うてたで」

「そうか。お父ちゃんも、お母ちゃんも、おじちゃんを好いてくれたか。嬉しいなぁ」

「なんで嬉しいのん？」

「それはな、これからもこうして、テルを抱っこ出来るからじゃあ」

政宗は、両手で傘を持つテルを、高々と頭上へ上げた。テルが愛らしい顔をくしゃくしゃにして笑った。

と、雲が切れて薄日が差し、糸雨が追い払われたように急速に消えていった。濡（ぬ）れている石床で、子供たちが立ったまま政宗を取り囲んだ。どのような話が聞けるのかと、どの子も目を輝かせている。

政宗はテルの手から傘を受取り、この次代の紫式部を足元に下ろした。

政宗と子供たちの動きを見守っていた親たち、ことに母親が二人、三人、五人と石床に向かって動き出した。誰の手にも、ボロ布があった。子供たちが車座になって座れるよう、濡れた石床を拭（ふ）く積もりのようだった。

政宗の話が始まって、子供たちの表情が一層真剣となった。

二

政宗が新装なった胡蝶の前に佇（たたず）んだのは、とっぷりと日が暮れてからだった。

晩秋の夜空にはすでに一片の雨雲もなく、澄み亘った天空には無数の星屑と満月があった。

胡蝶の正面には明後日の開店を、通りを往き交う誰彼に告げるためであろう、幾つもの小提灯が明りを点もして連なっていた。しかし、暖簾は下りていない。

「立派だ」

呟いて政宗は、胡蝶の塀に沿ってゆっくりと裏手に向かった。そこには早苗と使用人が寝起きする二階建の住居がある筈だった。

あった。どの障子窓からも明りが漏れていた。が、音や話し声は伝わってこない。開店の準備が一段落したのか、静かであった。

（ここまで、よく頑張ったな早苗……）と、ひとり頷いた政宗は、踵を返した。

彼の手に、傘は無かった。傘はどのようにして出来ているのか、と四歳のテルが関心を示したので、「お父ちゃんと相談しながら、自分で調べて御覧」と置いてきたのだ。

「もし……政宗様では」

いくらも行かぬうちに、後ろから囁くような綺麗な声がかかった。

政宗は足を止めて、振り向いた。月明りの下に、こちらを透かし見る仕種で早苗が立っていた。

「やはり政宗様。どうして、お帰りになるのですか」

政宗のそばにやってきた早苗が、ちょっと眉をひそめて心細げな表情をつくった。

「明後日の開店の前にな、新胡蝶を見ておきたかったのだ。すっかり立派になったな」

「ありがとう存じます。さ、お上がり下さいませ」

「いいのか」

「下働きの者は、もう二階へ引きあげて休んでおります。是非に入ってくださいませ」

「そうか。では下働きの者に気遣わせては悪いので、気付かれぬよう静かにな」

政宗は早苗の後ろに従って、そっと二階家の玄関を潜った。

この二階家は店と渡り廊下でつながっていて、早苗は政宗をいつもの座敷へ案内した。二本の燭台が明りを点していた。政宗が訪れることを判っていたかのようにして。

「裏二階の家主は、店と渡り廊下で結ぶことを承知してくれたのだな」

「はじめのうちは渋い顔を致しておりましたけれど、棟梁の粘り強い説得が利きました。それと、この御座敷の雰囲気を政宗様は殊の外お気に入りでしたので、改装は致しませんでした」

「そのようだな」と、政宗は微笑みつつ室内を眺めまわした。古いうえに質素な造りであったが、落ち着いた燻し銀のような雰囲気のいい座敷だった。

「さ、どうぞお座り下さりませ」

早苗に促されて、政宗は「うん」と頷き座卓の前に腰を下ろした。

「ただいま御酒と肴の用意をして参ります。下働きの者にさせず、わたくしの手で整えますので御気遣いありませぬよう」

「そうか。すまぬな」

「御酒の前に、新装なった店内を御覧くだされた方がお宜しいでしょうか」

「いや。それは明後日の楽しみに取っておこう」

「はい。それでは……」

早苗は政宗に三つ指をついて、退がっていった。

この座敷の奥は襖で仕切られており、その襖の向こうにもう二部屋があることを、政宗は早苗から聞かされて知っていた。だが彼女の私用の奥座敷と判っていたから、これまで全く関心を持ったことはない。ましてや早苗は、武家の出である。その早苗の衣装部屋かも知れぬ奥座敷に少しでも関心を持つなどは、武士として慎まねばと思っている。

けれども政宗は（はて？……）と、もう一度室内を眺め回した。暫く来なかったせいか、僅かにどこかが違っているような気がした。床の間か、丸窓か、畳か、天井かと見回したが、どこにも変わりはなかった。

確かにこの部屋は変わっていなかったのである。早苗は大工に手を触れさせてはいない。

政宗は静かに腰を上げた。一体、何を、どう感じているというのであろうか。

政宗の手が、ついに奥座敷との仕切りとなっている襖に触れた。

襖が音立てず開けられ、燭台の明りがこぼれ込んで僅かに明るい空間が彼の前に現われた。家具など何一つ無い十畳の座敷であった。

その向こうに、更に襖があった。

政宗は十畳の座敷へ足を踏み入れ、次の襖に手をかけた。

重い襖であった。普通の襖ではなく〝板戸襖〟であった。

十二畳の座敷が現われた。最初の座敷の燭台の明りが僅かに届いて、壁に沿って並ぶ家具を、ぼうっと浮き上がらせた。

政宗は家具の引出しを、一つ一つ開けていった。どれも空だった。

最後の家具はその形状から、明らかに衣装箪笥と思われた。見るからにずっしりとした重量感のある大型の家具であった。

腰を上げた政宗の手が先ず、最下段の引出しを引いた。滑りのよい、しかし重い引出しであったが、政宗の手の動きが途中で止まった。重さのために、止まったのではない。

「やはり……」と呟いた彼の表情が、薄暗がりの中で苦悩を漂わせた。

溜息を一つ吐いた彼は思い直したようにその引出しを、引ききった。

十二畳の座敷に、たちまち強い臭気が広がった。煙草の臭いであった。

彼は引出しの中から、その臭いが染みついた黒い衣装を取り出した。

忍び者の衣装である。それだけではなかった。忍び刀、十字手裏剣と次々に出てきた。

「とうとうお気付きなさいましたか」

政宗の背後から澄んだ声がかかった。むろん、その前より近付きつつある気配を捉(とら)えていた政宗だった。

彼は、ゆっくりと振り向いて腰を上げた。最初の座敷の明りを背にして、黒い影が立っていた。高柳早苗である。政宗には、その黒い影の右手が懐に入っている、と判った。

「男の忍びと思わせるため、わざと忍び衣装に強い煙草の臭いを染み込ませたか」

「否定は致しませぬ」

「懐に忍ばせているのは十字手裏剣だな」

「はい」

「それで私を倒せぬことは先に実証済みであろう」

「あの時は政宗様を倒すことに、いささかの迷いがございました」

「今は、その迷いが消えたというか」

「はい」

「なぜ私を消さねばならぬ」

「お答えできませぬ」

「答えよ早苗」

「秘命でございますれば、お答えする訳には参りませぬ」

「幕府の秘命か」

「…………」

「ならば懐のものを私に向かって投げてみよ。その前に私の脇差が早苗のやわらかな首筋を貫いていよう」

「死ぬことなど恐れてはおりませぬ」

「私は美しい早苗の死を恐れる。そなたのように冷酷にはなれぬ」

「お口上手な」

「今の言葉、もう一度申してみよ」

政宗の左手が粟田口久国の鯉口(こいぐち)にかかって、僅かに刀身を押し上げた。

早苗が、体を横に開いて身構える。風の流れるような見事に美しい構えであった。

だが政宗は直ぐに、浮き上がった刀身をパチンッと押し下げた。

「よいわ早苗」

「何がでございます」

「好きにせい」

「何故でございまするか」

「秘命をおびているお前が、そのような問いかけをする必要はあるまい。好きなだけ十字手裏剣を投げてみよ」

「私の油断を誘うておられまするな」

「お前の美しさ、お前の優しさ、お前の洗練されし立ち居振る舞い、静かな輝きを放っているお前の教養の深さ、それらを全て真実だと思うていた。いや、今も、そう思うている。そのお前に、私は脇差を投げつけることなど出来ぬ」

「やはり、お口上手なこと」

「それが忍び女、くノ一の捉え方なら、それでよかろう」

「…………」

「どうした。理由は知らぬが、私を暗殺する絶好の機会ぞ。十字手裏剣を投げぬか」

政宗は早苗に近付いていった。早苗は動かなかった。

「自分をもっと大事に致せ、早苗」

政宗は体を固くして睨みつける早苗の頬に、そっと掌を触れた。

「忍び者から普通の女に戻るのだ。大勢の町衆に気に入られているこの胡蝶を、暗殺任務の拠点になどしてはならぬ」

「…………」

「何かを恐れてそれが出来ぬなら、その何かを私に打ち明けよ。それは……私が叩き潰す。大事な、そなたのために」

政宗は早苗の頬に触れていた掌を離し、座敷を出た。

体の向きを政宗の方へ変えた早苗が、懐から右手を出した。

燭台の明りを浴びて黒い艶を放つ十字手裏剣が、その手にあった。

早苗の右手が、頭上に上がった。投げれば確実に、政宗の後ろ首をザックリと裂ける距離であった。

しかし早苗の右手は、激しく震えた。音立てて震えているかのようだった。

「おのれ……」と低く呻く彼女の目に、みるみる大粒の涙が湧き上がる。

遠くで夜烏が鳴いた。

暗い気分で胡蝶を出た政宗は、近江膳所・本多氏の京屋敷そばにある神泉寺へ足を向けた。足元提灯はなかったが、月明りは充分だった。

祇園社（八坂神社）の森を右手に見つつ、早苗の身を案じながら歩いている政宗の頬に、冷たいものが当たり出した。

足を止めて、政宗は夜空を仰いだ。青白い皓皓たる満月があった。雨雲は一片たりとも見あたらず、無数の星屑の輝きが綺麗だった。

雨降る空模様でもないのに、なおも政宗の頬に冷たいものは当たった。

（早苗の悔恨の涙であってくれれば……）と、思いながら政宗は歩き出した。

煙草の臭いが染みついた忍び衣装を発見しても、落ち着きを微塵も失わなかった政宗であった。しかし、彼は大きな衝撃を受けていた。政宗にとっては、全く考えもしていなかった無残な現実であった。母千秋に、いたく気に入られていた早苗が、暗殺の秘命をおびていた忍び刺客だったなど、とても母に打ち明けられるものではなかった。

神念一刀流の剣客辰巳俊之助と久保澤平造も、何らかの理由(わけ)あって早苗の手で一撃のもとに〝消された〟のであろう、と政宗は推量した。つまり、親の仇(かたき)などではなかった、ということである。

後ろから、早足に近付いて来る者の気配があった。

「若様ではありませぬか」と、声がかかった。

政宗が振り返ると、小脇に風呂敷包みを抱えた、常森源治郎だった。

月明りでも、粗末な身なりと判った。それに刀を腰におびていない。

「お、今宵の明日塾は、源さんが講義の番でしたか」

二人は肩を並べ、歩き出した。

「忘れて貰っちゃあ困りますよ若様。これでも子供たちにとっては今や常森先生でございますから。へへへっ」

「ははは、そうだな。すまぬ。それにしても、二本差しはどう致しました」

「今宵から、明日塾へ刀をおびて行くのは止すことに致しました」

「それはいかぬ源さん。非番ではあっても何が起きるか判らぬ世の中だ。ましてや夜は物騒。町奉行所同心として腰備えだけは怠らぬ方がよい」

「そうでございますかね」

「明日塾へ通ってくれる源さんの身にもしもの事があれば、困るのはこの私だ。次の講義からは二本差しを忘れぬようにしてくれぬか」

「判りました。若様がそこまで申されるのでしたら」

「小脇の風呂敷包みは？」

「今宵私が講義をする、まあ、解説文みたいなものを絵入りで易（やさ）しく作りましてございます」

「子供たち一人一人に配る分を？」

「はい。一人に一枚当てでありますが」

「任務で忙しいというのに、すまぬなあ源さん。申し訳ない」

「何を申されまするか。それよりも若様……」と、常森の声が低くなった。

「所司代より奉行所へ、突然に奇妙な指示が下りました」

「突然に奇妙な指示？」

「有力公家衆自害の、原因捜査の打ち切り指示、なんですよ」

「ほう……」

「辰巳俊之助、久保澤平造殺害事件の捜査も、それが公家衆自害に少しでも関係しそうな場合は、やはり捜査打ち切りと指示されました」

「余程の事情がありそうですね」

「若様は、どのような事情、だと思われまするか」

「さあて……迂闊な想像は、止した方がいいのでは」

「ま、〝西の幕府〟所司代の命令でございますからね。これはもう、江戸の幕府の命令と思うても宜しゅうございましょうから」

「理由はそのうち判りましょう源さん。ひとつ子供たちに、いい講義をしてやってくださいい」

「そうですね。それじゃあ私、先にちょいと急がせて戴きます。この絵入り解説文について、講義前に子供たちに説明してやらねばなりませぬゆえ」

きちんと一礼したあと月下を小走りに、いそいそと遠ざかっていく常森の背を、政宗は満足そうな表情で見送った。早苗から衝撃を与えられた直後だけに、常森の明日塾への、のめり込みようが嬉しかった。

　左手向こう〝月明りの闇〟に、近江膳所・本多氏の京屋敷が見えてきた。この辺りまで来ると、右手に続いていた祇園社の森は終りに近くなる。通りには、人の姿は一人も見当たらない。

　と、政宗の顔がその森の方へ向き、「誰か」と誰何しつつ足が止まった。

「恐れながら、松平政宗様とお見受け致しまする」と渋い男の声。

「いかにも」と答えた政宗であったが、相手の姿はまだ捉えていなかった。

（忍びか……）と、直感が働く。

「我等が長官、高柳早苗様ご支援につきまして、是非ともお聞き願いたきことが」

「話したきことあらば、姿を見せよ」と、政宗は粟田口久国の鯉口を切った。

　雑草を掻き分けるかのような小さなざわめきが生じたあと、祇園社の森を背にするかたちで、通りの端に黒っぽい装束の五人がぼんやりと浮き上がった。

　五人とも地に片膝ついた姿勢で、頭を深く垂れている。殺気、力み、は感じられない。

「判った。この通りでは拙い。祇園社の森へ退がるがよい」

「はっ」

五人の黒装束が、ほとんど瞬時に消え去った。あざやかであった。

政宗は鯉口を切った大刀を元に戻し、祇園社の鬱蒼たる境内に踏み入った。

五人の忍びは、樹齢百年は軽く越えていようかと思われる巨木の根元に、矢張り片膝ついて深く頭を下げていた。政宗に対し、精一杯の恭順の姿勢を見せているのだろう。

「楽にされよ」

「はっ」と、他の四人より半歩ばかり前に出て片膝ついている渋い声の主が答えたが、誰も微動だにしなかった。

「先ほど早苗のことを我等が長官と申したが、何れのどのような組織の長官なのか知りたい」

「我等より御願いあって、お声をおかけ致しておきながら誠に不埒千万なることを申し上げますが、口外せぬお約束を頂戴できますなら、何もかも政宗様の御前に晒しまする」

「約束しよう。安心致せ」

「かような身なりを致しておりますが、忍びであって忍びでなく、身分は小身なれど直参旗本でございまする」

「なに……」

「東照神君（徳川家康）が天下を平定せし直後、武芸に秀でたる旗本十五家十五名に対し、幕府の秘命遂行に不可欠なる忍法修得の厳命が下り、高柳家を頭領として苛酷なる極秘の鍛練が始まったと思うて下されませ」

「その忍法とは、伊賀か、甲賀か、それとも義経流か」

「流儀の垣根を越え、全ての忍法の優れたるところを修得し且つ改善強化し、独自の体系が編めるようにせよ、という厳命でござりました。こうして困難なる鍛練に打ち込みたる初代十五家十五名によって〝幕府秘流〟と名付けられし高度な忍び体系が確立致し、二代目十五家十五名によってようやく名も無き幕府直轄組織〝粛清府〟が立ち上げられたのでござりまする。二代将軍秀忠様の代でござりました」

「しゅくせいふ、と?」

「はい」

「反対派を粛清する、というあの〝粛清〟の文字か」

「左様でござりまする」

「高柳早苗は、その粛清府の長官(おかしら)なのだな」

「粛清府が組織として動き始めてからは、頭領(とうりょう)なる呼び名が長官(おかしら)と改められましてございまする。おかしら、の字は長官(ちょうかん)と書きますが、これは大御所様（徳川家康）の御指示で、役料として百石が高柳家に別途支給されております」

「その方らで、粛清府の何代目になるのか」

「早苗様も我等五名も四代目でありますが、まだ三代目も頑張っておりまする。ただ体力知力を要する激務ゆえ、間もなく総員が四代目となりましょう」

「で、何を粛清するというのだ。いや、これ迄に何を粛清してきたと言うのだ。幕府直轄の粛清府というのは」

「幕府の秘命を遂行し終えた者、及び遂行にしくじった者を粛清致しまする。この世から幕府秘命のいっさいの証拠を消すために」

「なに？　幕府の秘命を遂行するのは、その方たちであろう」

「我等の秘命遂行権は常に誰の支配下にも属さぬ最高権限に位置付けされてございます。たとえ如何(いか)なる権力者であろうと我等の上に立つことはありませぬ。我等は常に別格。そして我らの頭(かしら)は将軍おひとり」

「いや。その最高権限とやらを保証している者が将軍だとしても、秘命という役目を実務上統括する者は必ずいる筈。申せ」

「公方様(将軍)を長、大老および老中首席を副長と致しまする『**老中会議**』が実務上の統括機関でございます」

「なんてことだ。幕府はそのように生臭い秘密機関をつくり上げていたのか。この秘密を漏らした以上、その方たちも無事ではおられまい。違うか」

「懲罰班が気付けば、直ちに我等に向かって動き出しましょう」

「懲罰班とは？」

「粛清府の中に置かれた懲罰組織でございまする」

「なるほど。しかし相手も手練れなら、その方らも手練れ。共に鍛練し合ってきた仲だけに、ひとたび激突すれば、双方ともに回復し難い打撃を受け潰滅(かいめつ)するのではないか？」

「その潰滅こそが、粛清府の鉄則と思うてくだされ」

「なんという馬鹿げたことだ。それがこの国を治める『老中会議』という最高機関の考えることか」

「ですが、この粛清府。幕府の深刻なる危機を幾度となく救って参りました。もし我等の動きがなければ、この世は再び戦国乱世に戻っていたやも知れませぬ」

「確かにそう言えるのか」

「確信をもって、言えまする。確信を持って……」

「うむ……」

「現、徳川四代将軍家綱様まで平穏に推移してきたるかに見えるこの国の形でありますが、ひと皮むけば大藩中藩小藩それぞれの思惑入り乱れて複雑に成り立っておりまする。それだけに粛清府のこれまでの隠密任務は大変でござりました。とくに……」

「とくに、今度(こたび)の有力公家衆の不穏な動きの背後には、徳川幕府の緻密(ちみつ)に計算され し謀(たくら)みがあったのではないのか」

「お察しの通りでございます。後水尾朝廷と霊元朝廷の、徳川幕府に対する強くもの申す凛たる姿勢に、『老中会議』は大きな不安に陥り、やがては、政権が朝廷に奪われるのではないかという悪夢を見ることとなり……」

「愚かな。あり得ないことだ」

「その悪夢を払拭するために台頭しはじめたのが、朝廷を幕府組織内に完全に吸収するか、思い切って解体するという計画でございました」

「そのような馬鹿げた計画こそ、他の大藩中藩が黙って見てはいまい」

「したがいまして、計画実行のためには江戸幕府として正当なる理由が要るという事となり……」

「有力公家衆が反幕的動きを見せるよう、煽動し始めたという訳だな」

「はい。その煽動役が、筆頭若年寄の秘命を受けし大塚忠明、辰巳俊之助、久保澤平造の旗本三剣客でございました。むろん彼等は、粛清府の者ではありませぬ」

「その三剣客のうち、有力公家衆との接触役となっていたのは？」

「交渉術に優れておりましたる久保澤平造です。あとの二名は、公家衆に顔を知られてはおりませぬ」

「大塚忠明が刀栄寺を襲ったり、有力公家衆に斬りかかったりした悪行は存じておろうな」

「はい。すべて、それなりの狙いや計算があっての彼等なりの動きでございました」

「彼等三名の任務は、私によって危ういところで不発に終った。その彼等を粛清し、邪魔をした松平政宗つまり私をも消せ、と早苗とその方らは幕府から秘命されたのだな」

「はい」

「私はまだ、こうして達者でいるぞ。どうする」

「早苗様に政宗様を討つ気はありませぬ。長官に討つ気なきものは我等にも討てませぬ」

「その方ら五名はなぜ、早苗の意思を尊重するのだ。長官だからか」

「それもございます。加えて高柳家と我等五家は、曽祖父の代より立身流兵法を結束して磨き合ってきた仲でもございます」

「そうであったか。では、粛清府懲罰班の顔ぶれは？」

「柳生新陰流皆伝者三名、小野派一刀流皆伝者三名、念流皆伝者二名の計八名でございます。いずれも幕府秘流忍法の腕は、我等と互角かそれ以上かと」

「剣法皆伝者であり秘流忍法の熟達者八名か。強敵どころではないな」

「懲罰班は間もなく、我等が政宗様を倒せていないことに気付き、動き出しましょう。先ず長官（おかしら）と我等が処罰され、次いで政宗様に矛先を向けるに違いありませぬ」

「判った。ともかく、その方ら五名は、早苗の身辺に目を光らせてやってくれ」

「長官（おかしら）に、お力をお貸し下さいまするか」

「承知した。約束しよう」

「有難き幸せ。では……」

五名の姿が政宗の目の前から消えた。

政宗は目を閉じ、研ぎ澄ました神経を四方へ放った。

相当な速さで遠ざかっていく気配を、彼の聴覚は微かに捉えた。胡蝶の方角へ向かっている。

政宗は目をあけ、「さて……」と呟いて月を仰いだ。その表情に、苦悩があった。

「老中会議」を構成する大老・老中たちは、〝行政経験豊かな優れた人物〟の評価がある顔ぶれである筈だった。

その優れた人物たちが、幕府の政権が朝廷に奪われるのでは、という悪夢に陥ったことが、政宗には衝撃であった。これでは今後、朝廷のちょっとした動き、ちょっとした発言で、幕府軍が動き出しかねない。『表』と『裏』の顔を持った『二枚顔』の**老中会議**の無謀な決断によって……。

政宗は、(所司代永井伊賀守様は江戸に対し、どのように手を打って下さる積もりなのか……)と気になった。幕府と朝廷との間で、諸事交渉の窓口となるのは、京都所司代及び武家伝奏（江戸時代では慶長八年創設。役職名としては十四世紀中葉より存在）である。所司代は幕府側の重職であり、武家伝奏は朝廷側の重職であったが、武家伝奏を誰にするかの選任の折り江戸幕府は必ずと言ってよいほど影響力を行使し、後水尾朝廷や霊元朝廷はそのことにしばしば反発してきた。幕府の手で、朝廷の重役を決められたくなかったのだ。

政宗は、思った。

所司代永井伊賀守が幕府に対し如何に〝成功ある〟動き方をしてくれたとしても、粛清府懲罰班はそれとは全く無関係に京に向かって動き始めるだろう、と。

（今回の騒動を最終的に鎮めるには……八名の手練れを人知れず倒すしかないか）

政宗は胸の内で声なく呟いて、溜息を一つ吐き、ようやく歩き出した。

彼は懐に入れていた左手を出し、五本の指を屈伸させてみた。痛みは、もう無かったが、手首の筋肉に軽い突っ張り感があった。暫く使うことを控えていたせいである。手首のこわ張りは、対決を控えた剣士にとって、軽視できない。

彼は、今夜の明日塾は常森源治郎に任せ、ひとまず紅葉屋敷へ足を向けることとした。

粛清府懲罰班は、冷酷非情、と思っておく必要があった。そうであるなら、当分の間は明日塾（神泉寺）へ近付くのは避けねばならない。大勢の幼い子供たちを前にして講義中に、もし懲罰班の襲撃を受けたなら、大事な子供達の間に犠牲者の出る危険がある。それだけは断じて防ぎたい、政宗だった。

月が薄雲に隠れて、月明りが弱まったとき、彼は禁裏を右手に見つつ、摂家筆頭近衛家の近くまで来ていた。

夜かなり遅い刻限であるというのに、このとき近衛邸表門の潜り戸が音もなく開いて、足元提灯をそれぞれ手にした侍二人が、腰をかがめて出てきた。

政宗は足をとめ、見るともなく二人の侍を眺めた。

潜り戸が閉まった。二人の侍は門前より通りに出て、背丈ある黒い影の佇みに気付いた。

「誰か?」と、侍の一人が小声を発して足元提灯を翳し、上体を少し前へ傾ける。

「これは失礼致しました」と、政宗は言葉丁寧に二人へ近付いていた。

と、月を隠していた薄雲が流れ去って、月明りが元に戻り、双方お互いに姿形を認め合った。

「これは松平政宗様」

「やあ。あなた方でしたか」

政宗は相手の名までは知らなかったが、仙洞御所の御付武士と判っていた。

相手も政宗の素姓については詳しく知っていなかったが、朝廷とのつながりが相当に強い人、と心得てはいた。

朝廷の御付武士は、京都所司代の監督下にあった。毎日宮中に出仕して、朝廷や公家の言動に目を光らせるのが主たる任務である。いわば情報官僚であった。だから朝廷側も御付武士が間近にいる時は、言動には一応用心する。

「近衛家で何ぞ楽しいことでもございましたか」

政宗は笑顔で、サラリと訊ねた。

「ええまあ。お招きを頂戴致しましたものですから」

「夜道ゆえ、足元にお気をつけて、お帰りください」

「これは恐縮。では……」

お互いに頭を下げ合って、北と南に分かれた双方であった。

「近衛家は、如何なる目的で仙洞御所の御付武士を招いたのか」と、政宗は首をひねった。

近衛家が、幕府と朝廷との間にあって妥協的・懐柔的な姿勢を取る場合が多いことを、政宗は知っている。そしてそれが、近衛家の「朝廷大事」の考え方であることも一応は理解できていた。幕府を怒らせないように怒らせないように、と気遣う姿勢だ。緩衝的役割を負っていたとも言える。

後水尾法皇の対幕姿勢は、どちらかと言えば外柔内剛的であったから、摂家筆頭近衛家の対幕姿勢と衝突することは余りなかった。

だが霊元天皇の対幕姿勢は外剛内剛的であったため、近衛家の対幕姿勢を不満とすることが少なくない（とくにこの姿勢は霊元天皇が上皇となったときに強まる）。

少しばかり歩いてから、政宗は振り向いた。提灯の明り二つが、すっかり小さくなっていた。

三

翌朝早く女中のコウが、あたふたと政宗の座敷を訪れた。

「どうしたのだ。早起きの烏もまだ目覚めぬ刻限ぞ」

「それが若様、ご門前に怪しい男がうろうろと……」

「なに」

政宗は素早く身繕いをして粟田口久国を腰に、座敷を出た。

表門は閉じられており、いつもは竹箒を手にしている下働きの老爺喜助が、丸太ん棒を握りしめ、「おはようございます」と政宗に腰を折った。緊張しきった顔つきをしている。

「どのような男が門の外に来ているというのだ」

「二十一、二の若い男でございます。私がご門前を掃き清めておりますと、いきなり若様にお目にかかりたい、と声がかかりまして」

「若様、と言うたのか、その男は」

「あ、いいえ。松平政宗様、という言い方でございました」

「それで？」

「お名前をお聞きしたのですが、とにかく会わせて戴ければ判る、の一点張りでございまして」

「そのとき、男は喜助を押しのけ強引に門内へ入ろうとはしなかったのだな」

「今まさに、の目つきをしておりましたので、慌てて門内へ入り扉を閉じましてございます」

「よし判った。私が会うてみよう」

「お気を付け下さいまし。相手は刀を腰に差しておりますので」

「ならば勝手門から出てみるか」

　政宗は正門から離れて位置する、勝手門から外へ出てみた。

　なるほど、薄い朝靄が漂うなか、二本差しの男が門前にしゃがんでいた。早朝に前触れも無くいきなり「会わせろ」と訪ねてきた無作法者にしてはいささか、しょんぼりとして見える。

　政宗が雪駄の足音を殺すようにして静かに近付いていくと、気配を察した相手が、うなだれ気味だった顔を上げて、こちらを見た。

「あっ」と、男は立ち上がった。

「おお、其方であったか」と、政宗も意外な人物の来訪に驚いた。西本願寺そばにある高崎左衛門の新伝一刀流道場で、筆頭師範を名乗った政宗に一発で打ちのめされた辻平内であった。のち無外流の祖となる大剣客、辻月丹資茂の若き日の姿である。むろん、当の本人も政宗も、そうとは知らぬ現在であった。

「先生、ひどいではありませぬか」と、辻平内が切り出した。

　二度目の出会いでしかない辻に、いきなり「先生」と言われて、政宗は思わず面くらった。彼に「先生」と言われる覚えも筋合いもない。一度立ち合って、一度打ち倒しただけの間だ。

「何が、ひどいのかね」

「私は新伝一刀流道場の筆頭師範・松平政宗先生と再度立ち合いたく、あれから二度三度と道場を訪ね、そのつど不在を理由に断わられました。ところが四度目に訪ねた折り、私が倒した師範代・木河利蔵殿とお会い出来、松平先生は新伝一刀流道場とは縁（えん）も関係（ゆかり）も無い御方（おかた）、と告げられました」

なんとまあ剣客にしては軽口（かるくち）な木河利蔵よ、と政宗は苦笑した。

「それで私を探し訪ねて参ったという訳か」

「はい、ようやくのこと探し当て……先生、是非とも再度、私と立ち合い下さい」

「その、先生、はよしなさい。剣法で言う先生とは、高崎左衛門先生のような立派な剣客を指して言うのだ」

「いいえ。私が勝つまでは松平先生のことを、先生、と呼ばせて戴きます」

「辻平内殿とか申したな」

「はい。辻平内です。それから、私が勝つまでは、殿、よばわりしないで下さい。

呼び捨てで結構です。辻とか平内とか」

「ははは。よかろう平内」

　率直で面白い奴だ、と政宗は笑った。

「平内よ。きちんとした立ち合いを望むなら、もう少し作法を心得て訪ねて参れ。まだ早起きの烏(からす)さえ、ひと鳴きもせぬ刻限ぞ」

「は、はあ」

「それから当分の間、私は多忙でな。無作法なその方の相手などしてはおれんのだ」

「作法は改めまする。幾日程度お待ちすれば、立ち合(お)うて戴けますか」

「判らぬ。その時が来たら、私から平内に声をかけよう。それまで待て」

「はあ……」

「なんだ。不服か」

「いいえ、待ちます。宜しく御願い致します」

「その方の腕前が尋常でないことは認めよう。心を清めて虚心に鍛練すれば、のち大剣客と呼ばれる人物になれるやも知れぬ」

「本当ですか」

「だが天狗にはなるなよ辻平内。剣士にとって最大の敵は、常に己れの心の中にある。俺は強い俺は凄い、という自信がもしいま心の内にあるなら、それを捨てよ」

「自信を持ってはいけませぬか」

「自信など、剣士にとっては何の役にも立たぬわ」

「承知いたしました。では只今より、自信を捨てまする」

「うむ、割に素直だのう」

「ですが、もし先生に勝てば、その日から自信を持たせて戴きます」

「ははは。勝手にせい」と、政宗は朝空を仰いで笑った。

「ところで平内。このような刻限に訪ねて参ったところを見ると、朝餉はまだであろう」

「はい。御馳走して戴けますか」

「図々しいことを申すな。この屋敷の朝の膳は、もっと遅いのだ。それに作法を心得ぬ者に出す膳などないわ」

「松平先生、弟子をもっと大切にして下さいませぬと」

「今度は、弟子、ときたか。私は、その方を弟子にした覚えも、弟子にする積もりもないぞ。そのかわり、とびっきり美味しい食事が出来る所を教えてやろう」

「何処でしょう。近くですか」

政宗は胡蝶へ行く迄の道筋を、判り易く教えてやった。

「その店は夕刻にならぬと表を開かぬ、料理屋なのだ。しかし〝今日から毎日この店で朝・昼・晩を食すよう松平政宗に命令されました〟と女将に告げればな、きちんと面倒を見てくれるぞ」

「本当でしょうね」

「私は嘘は言わぬ。そのかわり、少しは店の雑用を手伝ってやれ。何事も修業だ。そうすればな、恐らく女将は三度の食事代は取らぬよ」

「それなら、真面目に雑用を手伝います」

「よし、行け」

「はい」

現金な青年剣士は、一礼して駈け出した。

辻平内の後ろ姿を見送る政宗の表情が、ふっと厳しくなった。木河利蔵を倒すほどの手練れである辻平内を胡蝶に張り付けておけば、粛清府懲罰班も易々とは早苗に近付けぬだろう、という政宗の読みであった。

辻平内の後ろ姿が向こうの辻を折れて見えなくなったので、政宗は勝手門へ引き返そうと体の向きを変えた。すると、通りの彼方を疾走してくる馬一頭が目にとまった。

目のよい政宗には、馬上の人が東町奉行所の同心、藤浦兵介と直ぐに判った。

一般にだが、同心という低い身分の者は、余程の事がないと馬には乗らない。

藤浦兵介は馬が止まり切らぬ内に、政宗の前で身軽に飛び降りた。

馬が後ろ脚で少し立ち上がりかけ、ひと声いななく。

「朝の早くから、どうした藤浦さん。只事でない顔つきだが」

「若様。大塚忠明、辰巳俊之助、久保澤平造らの根城を突き止めました」

藤浦兵介が、小声で告げた。馬上にあったとはいえ、息を乱している。

「根城を？」と、政宗も声をひそめた。

「所司代から捜査打ち切りの指示が出そうな雲行きであることは、すでに常森さんから聞いておられますか」

「うむ、聞いている」

「それゆえ我等同心、全力で探索を続けた結果、紫竹(しちく)村のはずれの安産稲荷そばに、ようやくのこと見つけました。若様に急ぎ知らせるように、と常森さんに指示され、庄屋の農耕馬を借りて駆(か)けつけたる次第です」

なるほど馬の背にあるのは鞍(くら)ではなく、二枚敷きの筵(むしろ)だった。これで馬を飛ばしてきたのだから、藤浦兵介の馬術はなかなかのもの。

「紫竹村と言えば、辰巳俊之助と久保澤平造が殺害された所だな」

「左様でございます」

「判った。私も馬で駆けつけよう。藤浦さんは、ひと足先に紫竹村へ戻られよ。現場の検証などで忙しくなろうから」

「は。では、そうさせて戴きまする」

「うむ。途中、充分に気をつけてな」

「では、ご免」

藤浦兵介は再び馬上の人となると、足で馬の腹を打った。

政宗は母千秋に愛馬での行き先を告げてから、裏庭に面して設けられている厩へ足を向けた。この屋敷に於ける馬の管理役は、喜助よりも実は女中のコウが主役であった。娘の頃に生家が三頭の農耕馬を飼っていて、その面倒を一手に引き受けていた経験があるのだ。

松平家の厩には、二頭の馬がいた。一頭は雄の黒毛、もう一頭は雌の栗毛だった。コウの手入れがよく、二頭とも綺麗な肌艶であった。その地肌の下に幾条もの筋肉が、逞しく走っていた。鬣も豊かで美しく見事だった。

政宗は二頭の鼻面を何度も撫でてやったあと、黒毛に鞍を乗せて厩から引き出した。

「久し振りに駆けるぞ疾風。矢のように駆けてくれ」

政宗の言っていることが判るのか、疾風が首を幾度も縦に振った。

コウが厩へやって来た。疾風がコウを認めて目を細める。

「御方様から、若様が馬でお出かけだと伺いましたが」

「今から紫竹村へ出かけるが、今後、馬での遠出が増えるやも知れぬ」

「何処へ遠出なされても大丈夫なように、このコウがきちんと二頭の面倒を見ていますから、御安心なされませ。馬蹄鍛冶（ばていかじ）の段平（だんぺい）親方も三条からよく顔を出してくれますゆえ、二頭の蹄（ひづめ）についても心配いりませぬ」

「そうか。では行ってくる」

「お気をつけて」

政宗は疾風を表門から外へ出すと、ゆっくり静かに鞍をまたいだ。

コウが政宗の背に微笑んで頷いて見せ、そして表門を閉じた。

とたん、政宗の平手が疾風の背をひと打ちし、疾風が待ち構えていたかの如く猛然と駆け出した。

第十一章

一

紫竹村のはずれにある安産稲荷は、村人たちの信仰を集めていると見えて立派な鳥居と社殿を構えていた。

政宗が稲荷裏の松の木に手綱を括りつけていると、常森源治郎が小走りにやってきた。

「おお、源さん。ご苦労だな」

「若様、朝の早くから申し訳ございませぬ」

「なんの、一向に構わぬよ。で、大塚忠明らの根城と申すのは？」

「あれでございます」

常森の指さした小さな竹林の脇に、朽ちかけた百姓家があった。

「なるほど。この辺りは村のはずれであるし、それに竹林で遮られており、人目にはつかぬな」

「村の中心部に向かう通りは安産稲荷の鳥居前を東西に走っておりますゆえ、裏手に当たるこの位置へは、わざわざ立ち入らぬ限り、あの根城が人目に触れることはありませぬ」

「確かにそうだな。私は、チラリと同心たちの動きが見えたので、この裏手までやって来たのだが」

「ともかく内部(なか)を御覧ください」

「あ、源さん……」

「はい？」

「一つ頼んでおきたいことがある。それも急ぎだ」

「なんなりと、御申しつけ下さい。して、どのような？」

「たとえばの話だが江戸から重要な秘命をおびた者が、人目につかぬよう、そっと京都(みやこ)へ忍び入るには、表道(おもてみち)の他に幾通りもの間道があるのだろうな」

「ございます。ただ、その秘命をおびた者が、どのような人物かによって使われる間道は違って参りましょう。男か、女か。侍か、町人か。それとも剣客か、忍びか、などによりまして」

「男で剣客で忍びである者なら、どのような間道を選ぶであろうか」

「若様……」と、常森の目つきが険しくなった。探るような目つきであった。

「たとえ話だよ源さん。男で剣客で忍びが選択する間道はどれか。ひとつ可能性の高い順に、幾通りか教えてくれぬか。今日の日没まででよい」

「判りました。できるだけ早い内に、絵図にしてお持ち致します。私が動けぬ場合は、藤浦兵介を御屋敷へ差し向けても宜しゅうございましょうか」

「うん、彼ならば……」

「所司代に信頼できる親しい同心がいまして、彼の仕事柄、間道に極めて詳しいものですから、さり気なく意見を聞くなりして間違いのない絵図を作るように致しまする。ご安心下さい」

「すまぬな」

「では、あれの内部を……」

常森は〝根城〟を指さして、政宗を促した。

入口に藤浦兵介がいて、丁重に頭を下げ政宗を迎えた。

「おい兵介。儂はこれから、ちょいと奉行所へ戻る。若様を頼むぞ」

常森が、藤浦兵介の耳に小声で告げた。

「急ぎの御用なのですか」

「馬鹿。急ぎだから戻るのだ。現場の検証は、お前たち若手がやれ。もう充分にできる」

「判りました。庄屋の馬が、裏につないであります。お使いください」

「うん。そうするか」

頷（うなず）いた常森は、政宗と目を合わせて一礼すると、足早に離れていった。政宗の依頼を〝重大事項〟と判断したのだろうか。さっそく間道絵図の作成にかかろうとするかのような、急ぎ方だった。

（やはり頼りになる男……）と、政宗は胸の内で感謝した。

四代将軍のこの時代、既に述べたように奉行所同心にはまだ、おおっぴらに公務で騎馬の人となる資格は無かった。したがって常森はおそらく、庄屋の馬を奉行所までは乗らず、相当手前の百姓家にでも預けるのだろう。

そうまでして、政宗の頼みに応（こた）えようとする〝検視の源治〟であった。

「さ、どうぞ」

藤浦兵介に促されて、根城の中へ入った政宗は、思わず「ほう」と目を光らせた。

　外から眺めたこの百姓家は、かなり傷みが激しかった。しかし中へ一歩入ると、様子は一変した。内壁は塗りかえられ、襖も障子も張りかえられ、本来は板の間であるところに青畳が敷かれて座敷となっている。天井がある部屋の天井板も綺麗になっていた。竈の造りも新しい。太い柱が補強されているところは、五か所あった。

「藤浦さん。米や野菜の類など貯蔵の利くものは、まだ残っていたかな」

「充分な量、残っておりました。鍋、食器の類なども不足なく揃っておりまする」

「こいつあ藤浦さん。酷い結末になりそうだ」

「酷い結末……と申されまするとか？」

「この内部を見ただけで、相当な資金が投じられたと、素人でも判ろう。ここを手がけた職人たちは、なぜこのような廃屋同然の百姓家に大金を投じるのか、という疑問を持ったに違いない。また作業を依頼した側の大塚忠明らも、職人たちに疑問を持たれる、と読んでいたに相違ない」

「あ……」

「そうだよ藤浦さん。作業を済ませた職人たちを、大塚忠明らが、黙って帰す筈がない」

話す政宗のまわりを、若い同心や目明したちが、いつの間にか真剣な表情で取り囲んでいた。蛸薬師の三次もいた。

「そう言えば若様。大工や左官や畳職人の女房たちから、うちの亭主や職人が戻ってこない、と前の月に次々と届けが出されておりまする」

「気の毒だが、おそらく職人たちはもう、この世にはいないだろう」

藤浦兵介が、キッとした顔つきで皆を見まわした。

「おい皆、屋内の検証は後回しにしよう。この根城まわりの地面を、棒で刺し歩いて何か手応えがないか調べるんだ」

「幽霊沼の周辺も調べた方がよくはないか」と、別の同心が意見を述べた。

「いや。仮に職人たちの全てが殺されているとすれば、こいつぁ大量殺人だ。死体を人目につく恐れがある幽霊沼まで運んでいるヒマなど無い。手っ取り早く、この根城の周辺に埋めていると考えた方がよい」

「私も、そう思いますわ」と、蛸薬師の三次が口を挟み、それで方向は決まった。

同心・目明したちが根城から外へ飛び出し、政宗ひとりが残った。

彼は改めて、屋内を見回した。この改装費用は、どうせ幕府の金蔵から出ているのだろう、と思った。胡蝶の改装費用についても、そう推量している政宗である。

彼は、土間や部屋、物置を丹念にじっくりと見ていった。

刀栄寺から奪われた二振りの名刀が、無傷のまま押入れから出てきた。

それ以外、大塚忠明等三名の真の身分素姓や秘命任務を裏付けるものは、何一つ出てこなかった。

政宗は（これでよい……）と思った。今の段階で、奉行所に真相の全てを把握されると、鎮まるべき事が鎮まらず、逆に膨らむ危険がありそうな気がした。

「藤浦さん。見つかりましたあっ」

外で声が響き、幾人もの足音が根城の裏手へ集中した。

政宗は悲し気に眉をひそめると、勝手口から裏の竹林側に出た。

竹林を少し踏み入ったところに、皆が集まって地面を見下ろしている。

政宗は近付いていった。心が重かった。

二

その翌朝早く、奥鞍馬の天ヶ岳（標高七八八メートル）。

黒毛の疾風は、右手遥か下に鞍馬川を望む道幅三、四尺ばかりの急坂を、背に松平政宗を乗せ矢のように走っていた。まるで平地を走っているかのような、人馬一体となった全力疾走だった。

小石混じりの急坂を後ろ足で力強く蹴り上げ、前脚をぐーんと伸ばして地をすくい上げるようにして走る。思い切り伸ばした黒い体を、思い切り縮める次の瞬間、疾風の全身の筋肉は瘤と化して躍った。後ろ足を急坂に叩きつける、次の一瞬に備えてだ。

まさに名馬の、それも流麗なる爆発的な疾走だった。

「ようし。この辺りで休むぞ疾風」

政宗が疾風の背を軽く二度叩くと、疾風はゆっくりと速度を落とした。いきなり脚を休めると、心臓が破裂しかねないことを、当の疾風はよく心得ていた。

「水を飲もう」という政宗の言葉に、疾風が首を縦に振る。

手綱を緩めて貰った疾風は、自分で少し坂道を登ってから急な山肌を斜めに下り出した。背に乗った政宗に、姿勢の負担をかけない、上手い下り方だった。下り口も、山肌を下りる要領も、政宗が手綱で操らなくとも心得ていた。

政宗は山を仰いだが、少し前まで見えていた天ヶ岳の頂上は、もう望めなくなっていた。天ヶ岳の懐深くに入ったせいだ。

狭い河原に降りた疾風が、黒い輝きを放っている全身から湯気を立ち上げ、清冽な川水を飲む。

鞍から離れた政宗は、水を飲む疾風の腹に、冷たい川水をかけてやった。

政宗にとって昨夜、少しばかりホッとする出来事があった。粟田口村の名刀匠、陣座介吾郎が紅葉屋敷を一人で訪ねて来た。

用件は「密造刀二百振り余を鋼玉に潰す作業に着手した」というものだった。密造にかかわった刀鍛冶の意思統一も成った、との事である。

川水を充分に飲み終え、疾風が低く鼻を鳴らした。満足そうだった。

「行くとするか」

政宗が手綱を引こうとすると、疾風は抗った。「上にあがってから乗せてくれればよい」と政宗が苦笑すると、疾風が「乗れ」と言わんばかりに首を横に振った。

「剛情者めが」

優しく疾風の首筋を撫でてやってから、政宗は騎馬の人となった。

疾風が山肌を、あっという間に登り切り、「走れ」という政宗の命令で坂道を力強く走り出した。

いろは坂を駆け抜け、ぐんぐん高度を上げていく。

巨木の枝々が重なり合って、空が見えない程に山深くなり、前方の道が森の中へ吸い込まれるように左へ折れていた。

その道を疾風は殆ど速度を落とさずに曲がり、そこから平坦と化した森に入るや四脚の回転が一気に上がった。それこそ黒い鉄砲玉のように走る走る。

どれほどか走って不意に森が開け、眩しいほど明るい中に壮大なる三層造りの山門が立ち塞がった。寺院の名を刻んだ額などは無い。

疾風が後ろ脚で高々と立ち上がり、何かを告げるかのように甲高くいななないた。するると山門の奥から、偉丈夫の僧兵がばらばらと現われ、そして門前の白い玉砂利の上に揃って平伏した。どの僧兵も薙刀は手にしていなかったが、大小刀を腰に帯びている。

「ようこそ、お戻りなされませ」

中央に平伏していた偉丈夫が、なんと〝お戻り〟という形容を用いつつ顔を上げた。凄まじい目つき、それに烈々たる眼光であった。尚且つ、眉間に刀傷と思われる割創の痕がある。まるで仁王だ。

「久し振りよのう。三林坊。変わりないか」

「変わりございませぬ。虚心坦懐の日々でございまする」

「何よりだ。のちほど五、六合、立ち合うてくれ」

「お待ち申し上げます」

「夢双禅師様は、おすこやかでおられるか」

「はい。お姿を見れば喜ばれましょう」

「案内してくれ」

「承知いたしました」

「誰か疾風を頼む」

「この双海坊が、お預かり致します」と、三林坊の右隣にいた偉丈夫が立ち上がり、政宗のそばへやって来た。

「双海坊も変わりないか」と、政宗は手綱を差し出した。

「千古不易の常でございまする」

「それも何より」

政宗の手綱が双海坊の左手に渡らんとした時、双海坊の腰が不意にギラリと光った。

居合だ。

それより早く軽々と宙に躍ったかに見えた政宗であったが、双海坊も遅れず宙を舞っていた。

なぎ払うような二撃目、叩き割るような三撃目が、宙で政宗の脇腹、眉間に迫る。だが抜刀もせず政宗は右へふわり、左へふわりと避けた。

着地した双海坊が、一言も無くひれ伏した。

「まぎれもなく松平の若様じゃ」と、三林坊が恐ろしい形相をくしゃくしゃにして目を細めた。

「双海坊、腕を上げたな。危なかった」

「恐れ入ります」

「三林坊、案内せよ」

「はい」

政宗は疾風の手綱を双海坊に預け、三林坊と共に三層造りの山門を潜った。

彼ら僧兵こそ、鞍馬最奥の尼僧房、想繼院を守護する剣僧たちであった。彼らの剣法に、いわゆる流名はなく、その存在を知る剣客たちはただ〝守護剣法〟と呼んでいる。

では、この守護剣法の草創者は誰なのか。また、屈強の剣僧たちに護られている尼僧坊想繼院には一体何者が棲んでいるというのか。

「相変わらずお強い。まるで歯が立たぬわ」

手綱を持って政宗と三林坊の後ろ姿を見送る双海坊が、呟いた。

剣僧たちは、政宗が訪れても、その現実の姿形を信じなかった。不意に討ちかかることで政宗がどう防ぐかによって、〝松平の若様じゃ〟と信じるのだった。

剣僧たちは「忍び」の変装を警戒しているのだ。そして、欺かれることを恐れてもいた。

「山門の内側へ邪悪な者は一歩たりとも入れぬ」それが剣僧たちの使命であった。

その数、二百二十二名。

その内の一人さえも欠けることなく、守護剣法の奥義を極めている。

まさしく恐るべき大集団であった。

山門を入ると右手に、林立する杉の巨木を背にするかたちで、長大な白壁の僧房長屋があった。真四角な柱と柱の間を、太い丸柱が×の字形に斜めに組まれ見るからに頑丈と判る建造物だった。

それらの柱と白い壁との組合せが、この上もなく美しかった。この美しい僧房長屋が、山門を守護する剣僧たちの住居(すまい)である。そして、このような僧房長屋が、天ヶ岳の八合目付近の原生林の中に七か所、設けられていた。

突然、山門の最上階の左端に目立たぬようにある見張台で、法螺貝(ほらがい)が吹き鳴らされた。緊急事態を告げるかのような激しい乱音響などではなく、おごそかな粛粛たる響きだった。

各僧房長屋に対し、松平政宗の来訪を、いや帰着を告げているのだった。

三林坊は政宗の来訪を、「お戻り」と形容した。

その三林坊と政宗は、山門から奥へ伸びている大きな石畳を踏みしめ、雑草などが刈り払われ綺麗に掃き清められた原生林の中の、金色堂(こんじき)の前で足を止めた。

ようやく法螺貝が鎮まった。

政宗と三林坊は金色堂に手を合わせ、黙禱(もくとう)した。長い黙禱だった。

どれほどかして、金色堂の中より声がかかった。明らかに老いたる者の声だった。

「入るがよい」

「失礼致しまする」

政宗が七段の階段をゆっくりと上がり出すと、その後ろ姿に向かって頭を下げた三林坊は、もと来た方へ引き返していった。

政宗は、金色堂の濡(ぬ)れ縁に正座をした。

「一年ぶりじゃな政宗」

その老いたる声の主の姿は、閉じられた障子扉でまだ見えない。

「一年二か月ぶりでございまする」

「そうなるか。この私も日に日に衰えるわ」

「滅相も……お声の張り、一年二か月前と少しもお変わりございませぬ」

「ははは、左様か。さ、入るがよい」

「はい、それでは」

政宗は、立ち上がった。全神経を障子扉の向こうへ集中していた。彼にとって、最も恐ろしい相手が、金色堂内に居わしたのだ。

その名は夢双禅師。年齢八十八歳。禅宗の高僧であり守護剣法の草創者であり、政宗の恩師でもあった。政宗は、いまだ一度として、この恩師との稽古で勝てていない。

奥義を極めた剣僧たちでさえ全く歯が立たぬ相手、政宗。その政宗がどうしても打ち込めない孤高の大剣聖、夢双禅師。

政宗が障子扉を静かに押し開いた。

正面奥に金色に輝く千手観音像が祀られていた。その手にあるのは剣。

障子扉を開けたところから、原生林のそよ風が流れ込み、燭台(しょくだい)の明りが揺れた。

政宗は障子扉を閉じると千手観音と向き合った紫の僧衣を纏(まと)っている夢双禅師の直ぐ後ろに正座をした。

「許しを求めに参ったか政宗」

「お判りでございましたか」

「申してみよ」

「わたくし自らの意思で、人を斬(き)らねばならなくなりました」

「自らの意思で、と申すか」

「はい」

「幾人を斬るというのじゃ」と、その口調はやわらかだった。

「八名でございまする」

「手練れか」

「恐るべき」

「なぜ斬らねばならぬ」

「…………」

「申せ。なぜ斬らねばならぬ」

夢双禅師が腰を上げて体の向きを変え、政宗と向き合った。慈愛に満ちた皺(しわ)深い顔であった。真っ白な眉毛の下のまなざしが、温かだった。口元に、ひっそりとした笑みを見せている。

とても政宗が太刀打ちできぬ大剣聖、の印象ではなかった。むしろ、村はずれの山寺の優しい和尚さん、といった和やかな雰囲気だった。

「何卒お許しを」

「斬る理由(わけ)を申せぬと言うか」

政宗は、両手をつき深々と頭を下げた。

「…………」

「誰かを庇(かぼ)うて申せぬのだな政宗。男か、女か」

「…………」

「そうか。女性(にょしょう)か」

夢双禅師は頷いて、ニコリとした。

「先生」と、政宗は顔を上げた。手刀を首筋に打ち込まれるのを、覚悟していた。

幼き頃から幾度、打ち込まれてきたことか。そのたびの痛さを、父のものとも思うてきた政宗だった。その痛さで、育てられ鍛練されてきた。そして……今日がある。

「ようやく女性のために身を挺せるようになったか政宗よ」

「は？」

「よしよし。許す。その女性をしっかりと救うてやれ」

「申し訳ございませぬ」

「恐るべき手練れ、とか申したな」

「はい」

「その方が恐るべき手練れ、と申す程の相手となると……忍び剣客か」

政宗は思わず息をとめた。この恩師の現実を超越した眼力は、一体どのような修業で得られるのか、と戦慄した。

「仰せの通りでございます」

「相手がどれ程の手練れであろうと、自らの意思で斬ると決断したる以上は、一人で対決せよ。よいな」

「その積もりでございまする」

「たとえ三林坊や双海坊が救(たす)けを申し出たとしても、受けてはならぬ」

「もとより」

「ならばよし。永遠(とわ)の別れとなるやも知れぬゆえ、想継院へも顔出しを忘れてはならぬぞ」

「永遠(とわ)の別れとなりましょうか」

「その問いかけは、己れに向けるがよい。答えも己れが出すのじゃ。さ、行きなさい」

「はい」

政宗は師にひれ伏して、金色堂を出た。すがすがしい気分になっていた。

双海坊が疾風の手綱を手に、金色堂の横で待っている。

「想継院へ参られまするか」

「うむ」

「この辺り、一昨日かなり激しい雷雨がござりました。途中、泥濘(ぬかるみ)があるやも知れませぬ。疾風の足元に充分お気を付け下され」

か？

「心得た」

想繼院は尼寺ゆえ、剣僧が供をする許しは出ない。ではなぜ政宗は行けるのか？

政宗は疾風に乗って一人金色堂を離れた。想繼院は更にこの奥地になる。

進むにしたがって、双海坊が言ったように、ところどころに泥濘が残っていた。深い原生林の中の緩やかな傾斜を半刻（一時間）ばかり行くと、さんさんと日の降り注ぐ草原に出た。その草原の中央を、白い玉砂利を敷き詰めた幅六、七尺の道が伸びており、白い土塀の寺院に突き当たっている。

想繼院であった。

疾風が白い玉砂利の道を進むと、蹄の下で大きな音が鳴った。

すると想繼院の小さな山門が左右に開いて、尼僧が二人現われた。近付いてくる馬上の政宗を、じっと見つめている。身じろぎ一つしない。

三林坊、双海坊ら剣僧が棲まう僧房七か所は、想繼院を取り囲むようにして設けられているのであったが、この広々とした草原の馬上にあっても、それらの僧房は見えなかった。

　政宗が二人の尼僧の前で、馬上から降りた。一人は四十半ばを過ぎていようかと思われる尼僧だった。もう一人は三十半ばくらいか。

「ようこそ、お戻りなされました」

　年長の尼僧が、やはり〝お戻り〟という言葉を用い、静かな笑みで政宗を迎えた。

「春陽尼(しゅんように)も、蓮祥尼(れんしょうに)も、おすこやかであられたか」

「はい。おかげさまで」

「穏やかな日々でございました」

　二人が前後して答えた。

　政宗は大小刀を年長の春陽尼に、疾風の手綱を蓮祥尼に預けた。

「今日の法螺貝は、どなたがお吹きになられたのでしょうか。響きわたる音色に喜びが満ち満ちておりました」と、春陽尼。

「さあて誰が吹いたのであろう。雲海坊(うんかいぼう)か、それとも善林坊(ぜんりんぼう)か」

「法螺の響きを耳になされました華泉門院(かせんもんいん)様が、今日は栗毛で参るのであろうか、それとも黒毛で参るのであろうかと、幾度もお問い掛けなされました」

「急ぎお目にかかろう。案内してくだされ」

「急ぎ、と申されまするとと、まさか……」

「はい。華泉門院様にご挨拶申し上げ、直ぐに山を下らねばなりませぬ」

「まあ、お泊まりは御無理でございまするか」

「はい」

「華泉門院様はさだめし、がっかりなされましょう」

三人は質素な造りの山門を潜った。

疾風の手綱を引く蓮祥尼は直ぐ、右に折れ姿を消した。

それにしても、不可解な想戀院であった。本堂も見当たらなければ、宝物殿も多重の塔なども無かった。あるのは、ささやかな山門の右手、左手から奥に向かって伸びる白壁の長大な建物だけだった。

剣僧たちの住居である僧房長屋に、そっくりな建物である。

これが想戀院の尼僧房であった。棲まう尼僧の数、五十数名。

はたして、その尼僧というのは、如何なる人たちなのか？

政宗は、春陽尼のあとに従い、山門右手の尼僧房の奥座敷へ導かれた。

「このお刀は、いつものようにお預りを致しておきましょう」

「お願いします」

小さな実をつけた柿の木が二本あるだけの奥庭に面した座敷の手前で、大小刀を手にした春陽尼は退がっていった。

政宗は縁に正座をし、障子の向こうへ声をかけた。

「政宗、参りました」

「おお、参られたか。入りなされ」

「失礼致しまする」

政宗は障子を開いた。

其処――十畳の座敷――に座していたのは、なんと政宗の母千秋であった。

いや……違った。千秋にしては幾分、頬がふっくらとしていた。それにしても千秋と、うり二つであった。品位備わった、見とれるような美貌である。尼僧小町とでも形容したくなる、絶世の美しさであった。年齢は、四十は過ぎていようか。

「よう戻って参られた。さ、入るがよい」

「おすこやかであられましたか、華泉門院様」と、政宗は座敷に入った。

「この通り病ひとつせずに達者じゃ。そなたはまた一段と凜々しゅうなられたな」

「夢双禅師様に鍛えられし御陰でございましょう」

「そなたは幼い頃から厳しい修業に、よう耐えた。わが子ながら天晴れと思うていた。不憫でもあった。この母を、許しておくれ」

「おそれながら、わが母は松平千秋でございまする」

「おお、これは軽はずみなことを口にしてしもうた。久し振りに、そなたに会うて冷静さを失うてしまったようじゃ。紅葉屋敷の千秋は如何が致しておる。病に見舞われたりは致しておらぬか」

「息災でございます」

「それは何より。一つ違いの妹にそなたを託し、そなたの将来を思うてこの天ヶ岳を下りて貰うてから、もうどれ程になるのかのう」

「夢双禅師様より皆伝書を頂戴した十六歳の秋にこの山を下りましたゆえ、ちょうど十二年でございましょう」

「早いものじゃ。光陰矢の如しと申すが、この母も近頃は体力の衰えを感じるようになりました。おお、母と口に出しては、いけなかったのじゃ。許されよ」

「お体だけは大切にして下されませ。日々の生活で何か御不便なことはございませぬか」

「それはこちらが、千秋とそなたのことを思うて、常々心配致しておることじゃ。生活に必要なものは仙洞御所より、きちんと届いておるのであろうな」

「質素な生活を心がけている紅葉屋敷の母でございますが、困ったと口に出したことはありませぬゆえ、届いているのではありますまいか。ですが仙洞御所も財政を江戸幕府に頼っておりまするることから、ことのほか厳しい遣り繰りの筈。紅葉屋敷の母も、ときおりその現実を気にかけておりまする」

「ほんにのう……」

「母は日頃より近在の百姓、漁師、商人たちと、声を掛けたり掛けられたり致しておりますので、ときに野菜や川魚、味噌、塩などが屋敷に運び込まれ、大変助かっておる様子です」

「有難いことじゃ。町の人人に感謝しなければなりませぬなあ」

「はい。そう思いまする」

「この山へも、西本願寺、東本願寺、知恩院、大徳寺、それに延暦寺などの大寺院が、宗派の垣根を越えて温かな支援の手を変わらず差しのべて下さっておりまする。仏に対し手を合わさずにはおれない感謝の毎日じゃ」

「それを聞いて安心いたしました。ですが、その支援が幕府の堅物(かたぶつ)の耳に入らば、難しい問題が頭を持ち上げるやもしれませぬ」

「その事ならば、とうの昔に覚悟致しておること」

「左様でございましたか」

「このたびは政宗。幾日ほど想繼院に泊まってくれるのじゃ。年若く美しい尼僧のなかには、そなたに密かに想いを寄せておる者もいる様子。そなたの考え次第では、その尼僧を還俗させてもよいと思うておる」

「今日はこれより急ぎ山を下りねばなりませぬ。また、未だ修業中の身ゆえ、女性(にょしょう)に関心を向けてはおれませぬ」

「なんと、これから山を下りられるのか」

「はい。大事な用を抱(かか)えておりまするので、どうしても」

「剣術修業者としての用と申すか」

「はい」

「そなたには公家よりも逞しい武士になってほしいと願うて、山を下りて貰うたが、此処に一日すら泊まれぬほど忙しい体と聞けば、のんびりとした公家の道を選びし方がよかったのかのう」

「華泉門院様……」

「ほほほっ、冗談じゃ、泊まれぬとあらば仕方もなし。馬での下りは危ないゆえ油断なさらぬよう気を付けなされ」

「はい、それでは……」と、頭を下げた政宗は、顔を上げしみじみと華泉門院を見つめた。

「母上……私の命をこの世に授けて下されし母上のことは、一日たりとも忘れたことはございませぬ。いま目の前に在す母上のお姿は、常にこの政宗の胸の内に、しっかりとありまする」

「おお、政宗」と華泉門院は、思わず腰を浮かせた。思いがけない、わが子の言葉であった。

「では、ご免くださりませ」

政宗は身を翻すようにして座敷を出た。

わが子の言葉に、華泉門院の胸は震えた。涙がこみ上げてきた。紅葉屋敷の千秋を〝母〟として十六歳で山を下りて以来、時に訪ねてくることはあっても一度として「母上」と呼んでくれたことのない、わが子政宗であった。そのわが子がいま口にしてくれた、余りにも鮮烈な言葉だった。

華泉門院は、廊下に出た。長い廊下に、政宗の姿はすでになかった。

（ほんに心も体も大きゅうになってくれて……）と、華泉門院は涙で目を曇らせた。

彼女のような、いわゆる「女院（にょういん）」になるには、天皇の生母にして后宮（こうぐう）であること、という基本的な要件があった。けれども時代が流れるに従って、平安時代中期に始まった女院制度も変化し始め、天皇の生母でない后宮や准三宮（じゅさんぐう）（太皇太后・皇太后・皇后の三宮に准じた処遇を受けた上級公卿など）の女院も次第に現われ出した。

華泉門院は、院号宣下を受けずに女院となった。院号宣下を受けず、というのは異例中の異例である。女院制度に法（のっと）った正式な女院ではない、とも言えた。

上級公卿の娘であった彼女は政宗を妊ったとき、後水尾法皇（その当時は天皇）の愛を一人占めできない現実の辛さに耐え切れず、自ら後宮を離れた。法皇は強く慰留したが、彼女は少数の高位の女官と共に廃寺を求めて奥鞍馬に入り出家した。**その高位の女官の中に、千秋もいた。下働きの者としてコウもいた。**

彼女が法皇から華泉門院の院号を授けられたのは、政宗が誕生して十日目のことであった。御所からの使いが、華泉門院と認めた法王直筆の書を持参した。それは正式な院号宣下の手続を踏んだとは言えなかった。

政宗の名は、彼女が太政官の六条広之春に頼んで命名したものである。

何処から、どう流れてきたのか、夢双禅師がさほど離れていない場所に庵を結んだのは、政宗が誕生した翌年の春先だった。

そして、想戀院の尼僧が増えるに従い、禅師を慕う剣僧の数も一人また一人と増え始めた。

三

眺めの利く小山の頂きで疾風の歩みをとめた政宗は、夕焼け色に染まった眼下の田畑を馬上からじっと眺めた。実り豊かな平和な光景だった。びっしりと青菜のなった畑中の小道を、幼子の手を引いた若い百姓夫婦が何やら語らいながら歩いている。幸いなことに今年は天候に恵まれ、夏秋ともに農産物の出来は、上々ということだった。

政宗は懐から、昨夜遅く常森の指示で藤浦兵介が届けてくれた、名前無き街道の絵図を取り出した。所司代同心から得た情報ということで、京都(みやこ)の東側から侵入する道すじが何本か描かれている。その内の一本が、朱色で引かれていた。

「任務絶対完遂の重大秘命をおびし複数の忍び剣客が人目に触れず京へ侵入する場合、比叡・東山連峰を東から西へ越え、一乗寺下り松(さがりまつ)辺りに出て白川村へ下る道を選択すると考えられる」

常森が間道に詳しい所司代同心から得たその情報が、朱色で引かれた道だった。

道幅は僅か五、六尺。

　政宗はそれを、一乗寺街道と名付け、疾風をゆっくりと歩ませつつ此処まで来たのだった。

「美しい田畑だ。夕焼け色の下で百姓たちの力が躍動しておるわ」

　政宗は呟いた。

　一乗寺街道は、東南の方角（比叡・東山連峰）から北西の方角（一乗寺村）へ、緩やかに下っていた。この街道に沿うかたちで川が流れており絵図にも示されていたが、名前の書き込みはなかった。

　政宗は一乗寺川と名付けた。

「疾風。もう少し遡ってみるか」

　彼が平手で疾風の背を軽く叩くと、歩みが始まった。

　天ヶ岳から下ってきたというのに、ほとんど疲労の色を見せていない疾風だった。馬は賢い。自分で自分の体力をきちんと調整できる。また、人からやさしく愛されることを殊の外好む。

　政宗は、一乗寺街道の出来るだけ奥、比叡・東山連峰の山懐に踏み込んだところで、粛清府懲罰班の八名を迎え討とうとしていた。

殺(や)られるかも知れないことは、覚悟の上だった。しかし、相手にも複数の犠牲者が出れば、騒ぎが拡大することを恐れて、江戸へ引き揚げることは充分に考えられる。

政宗は、それを狙った。

暫く進むと、一乗寺街道は田畑に向かうかたちで下りとなり、右手の川べりに二軒、街道の左脇に一軒の百姓家が見られた。街道脇の百姓家の背後は竹藪(たけやぶ)だ。

政宗は小さな盆地状になった周囲を見まわし、かなり奥深くにまで来た、と思った。綺麗な夕焼け色だった空は、いつの間にか薄墨(うすずみ)を混ぜたような濃い茜(あかね)色と化している。

日没は、迫っていた。

恐るべき八名の刺客は、はたしてこの一乗寺街道を通ってくれるだろうか、と政宗は一抹の不安を覚えた。

所司代同心の推量が外れると、八名は一直線に胡蝶を急襲するだろう。不意を狙われたなら、辻平内を含め皆殺しにされるかも知れない。

政宗は、此処で待ち構えるよりも胡蝶で迎え討つべきだったか、と心を揺らせた。早苗の無事を願うがゆえの、揺れだった。

疾風が、街道脇の百姓家の前で動きを止めた。

「人の気配がせぬな」

呟いて馬上から降りた政宗は、百姓家の引き戸を引いた。

空家のようであった。廃屋というには、引き戸の滑りがよい。屋内に厩があった。

政宗は疾風を残し、歩いて川べりの二軒をも訪ねてみたが、これも人の気配がなく、空家という他なかった。

が、廃屋の印象はない。

濃い茜色に染まったまわりの田畑は、よく手入れされ実りがよかった。人手を惜しんでいない。

ひょっとすると三家族は、もう少し集落化なった地へ移り、この三軒の空家は田畑の耕作に訪れた時に休憩したり泊まったりしているのかもしれなかった。

政宗は疾風のところへ戻り、屋内の厩へ入れてやった。長旅ではないものの、旅蠟燭（ろうそく）と火種は怠りなく持参している。

部屋を明るくすると、魚油の行灯（あんどん）の備えが、ちゃんとあった。魚油の行灯はすこぶる臭く明りも弱いが、庶民にとっては貴重だ。

そうと判っている政宗は行灯を点（と）もし、その前に謝礼の小粒（一両の四分の一）を置いて、旅蠟燭の明りを消した。この時代、旅蠟燭は更に貴重だ。

大きな水瓶には、充分量の水が入っていた。念のため、彼は掌ですくって舌先で舐（な）めてみた。どうやら毒水ではない。真夏ではないから水質の不安もなかった。

疾風にもたっぷりと飲ませてやり、厩に備わっていた飼葉（かいば）も与えた。

政宗は土間を上がった板の間で、粟田口久国を脇に置いて横になった。すき間だらけの板の間であったが、掃除が行き届いているせいか、綿ぼこり一つ舞い上がらない。ここに住んでいた百姓の几帳面で清潔好きな性格が知れた。水瓶の水、厩の飼葉、油を切らしていない行灯、滑りのよい表戸、それらの備えにも性格が表れている。

政宗は食することなく眠った。このような場合でも眠れるだけの修業は、積み上げてきた。いや、「このような場合でも眠るための修業は」と言い改めるべきかも知れない。

安らかな、寝息であった。心底から眠っていた。

「対決の前には腹を軽くし、よく眠れ。眠れば眠るほど、愛刀の切っ先は獅子の一撃と化す」

夢双剣法の原点であった。「〝過腹〟と〝力み〟は技を鈍らせる、〝柔軟〟を力とせよ」とも説いた。判り易いが、難しい理論であった。

政宗は、深い眠りに陥った。外は、日が沈んだばかりだった。

四

その少し前、剣僧差配（将官）の三林坊は僧房長屋の奥座敷に、本堂での長い勤行を終えた夢双禅師を訪ねていた。奥座敷とは言っても畳敷きのない、簡素な内装の板の間であった。ただ、床の間には青畳一枚が敷かれてあって、刀掛けには禅師の小刀三本が掛かっていた。禅師は大刀を持たない。いや、持たないと言うよりは、必要のない人だった。

床の間を背に座る和やかな表情の禅師に、三林坊はうやうやしく訊ねた。

「松平の若様は、我等に軽く右手を上げてそのまま山門を駆け抜けてゆかれましたが、想戀院へはお泊まりにならぬのでございまするか」

「駆け抜けて行ったのであらば、泊まらぬのであろう」

「何故でございますか禅師様。実に久し振りに華泉門院様とご対面あそばされたと申しまするのに……あれでは華泉門院様がお気の毒ではございませぬか」

「ははは。そう気にせずともよい」

「ですが禅師様の御教導によって鍛えられし我ら剣僧二百二十二名は、その御指示を遵守いたし華泉門院様をお敬い申し上げ想戀院を今日まで守護いたして参りました。それだけに政宗様の今回の訪れ方と去り方が、どうにも気になりまする」

「その方たちの役割は、想戀院を守護することぞ。今日までの間に想戀院尼僧の噂を耳にして侵入してきた邪まなる浪人集団は併せて七度四十一名、野盗の類い三度二十五名、素姓身分を頑に吐かなんだ手練れ武士の奇襲二度十三名、これらを悉く制圧せしはその方たちじゃ。華泉門院様のその方たちに対する感謝の念、海よりも深し、と知るがよい。政宗のことは本人に任せて大丈夫じゃ」

「そうは申されましても……」

「政宗の剣が余りにも軟弱で心配だ、とでも申すか。終始彼の身近に控えて護ってやりたいとでも申すか」

　夢双禅師は温く微笑みつつ語った。

「め、滅相もございませぬ。今や政宗様の剣は我ら剣僧二百二十二名の遥か上。政宗様と立ち合うて私が十本のうち一本を取れたのは七年も前のこと。以来、政宗様と私との間は、開くばかり」

「それならば政宗のことは安心してやるがよい」

「はあ……」

「誰にも申さなかったことじゃがのう三林坊よ」

「はい」

「政宗の剣は、すでに私をも越えておる」

「え……」と驚く三林坊であった。夢双禅師と立ち合って、どうしても勝てない政宗を、これまでに幾度となく見てきているからだ。それに夢双禅師は剣僧たちにとって、まさに〝天上の人〟であった。木刀や竹刀を構えて禅師の前に立っただけで、全身が竦(すく)みあがってしまう。勝てるとか敗けるとかを考える次元の、人ではなかった。次元を、超えた天上の大剣聖であった。

その夢双禅師が「政宗の剣はすでに私をも越えておる」と言ったものだから、三林坊は驚いた。仰天であった。

「まことでございまするか禅師様」

「まことじゃ。政宗に真剣を持たせて向き合(お)うたとき、私は背筋が凍りつくようになっての」

「いつの頃からでございまするか」

「この二、三年じゃ。あれは、すでに私を抜いておる。しかも遥かに上じゃ」

「ですが禅師様……」

「うむ。本人はまだその天性の技量に気付いてはおらぬ。竹刀や木刀で対峙(たいじ)したとき、十本が十本とも私にそれを叩き落とされておるからのう。私の上には絶対に行けぬと思うておる。しかし……」

「しかし？」

「まもなく真剣を手に開眼するじゃろう」

「と申しますると、政宗様は自分の意思で何者かと対決するために、禅師様のお許しを求めに参ったのですか」

「御仏(みほとけ)の心を持ちし恐るべき大剣客がまもなく、この世に誕生しよう」

「おお。その対決で、若様が真に剣法開眼なさると申されるのですか」

「あとは、その方が好き勝手に空想せい」

「はい」

三林坊は、すっくと立ち上がった。

一礼して座敷を退がろうとした三林坊が、片足を廊下に踏み出したところで振り返った。凄い形相であった。

「禅師様。お教えくださいませ。政宗様は一体何者と、いや何名の敵と対決なさるのでございますするか」

「知らぬ」

「では何名ほどの者と対決なさると、ご推量なされまするか」

「知らぬ。好きに推量せい」

「失礼いたしました」

三林坊は退がっていった。夢双禅師の顔から温かな笑みが消え、険しい表情となった。

「政宗よ。わが教えを守れば、幾万の兵も恐れることなし」

目の前に政宗がいるかの如く、静かにもの言う夢双禅師であった。

五

どれほど眠ったであろうか、政宗は目を醒ました。よい気分であった。頭が冴えわたっていた。

彼は粟田口久国を腰に帯びて土間へ降り、厩を覗いてみた。気性の荒い、だが政宗には忠実な疾風が、穏やかなまなざしで主人を見つめた。

政宗は、鼻すじを軽く撫でてやった。

「疲れは出ていないか疾風」

その言葉が理解できているのかどうか、疾風は首を横に振った。

　政宗は、板の間に戻って粟田口久国の鞘を払い、切っ先、刃、峰、鍔、柄と注意深く検ていった。この雄渾な名刀のどこにも、不安なところは無かった。さすが陣座介吾郎の手入れは、完璧だった。

　刀身を鞘に納めた政宗は、壁にもたれ片膝を立てた姿勢で目を閉じた。

　生みの母、華泉門院の言葉が耳の奥に残っていた。

「そなたには公家よりも逞しい武士になってほしいと願うて、山を下りて貰うたが、此処に一日すら泊まれぬほど忙しい体と聞けば、のんびりとした公家の道を選びし方がよかったのかのう」

　公卿の官位を名誉的に付与されている政宗であったが、厳密にはまだ武士でも公家でもなかった。仙洞御所からの非公式な支援によって、名誉官位に矛盾撞着した武士のような生活を維持しているに過ぎなかった。現在の朝幕関係の中では、「武家」を立ち上げるにしろ新たに「公家」になるにしろ、幕府の影響力下できちんと認証される必要がある。

　現在の政宗は、後水尾法皇の〝密かなる御落胤〟の立場から、一歩も抜け出てはいなかった。つまりは自由奔放の身であった。そうと強く望んで妹千秋に政宗を託し奥鞍馬から野に下ろした華泉門院であり、またその考えを良しともしてきた政宗・千秋母子であった。

「武士であるべきか……公家であるべきか」

名誉官位を持ちながら政宗は呟いて、小さな息を一つ吐いた。実の母である華泉門院の前に半刻さえも留まってこなかったことを心苦しく思っていた。

彼は、再びウトウトとし始めた。眠ってしまうことを、全く恐れていなかった。だが彼の五感は、今度は長くは眠らせてくれなかった。さほど刻が経たぬ内に、彼は目を見開いた。魚油の行灯が、油が切れたのか消えていたが、部屋の中は真っ暗ではなかった。表戸の障子が月明りを吸って、土間も板の間もぼんやりと青白かった。

政宗は立ち上がり、着流しの上に着ていた羽織を脱いで土間へ降り、厩に行った。

母千秋が縫い上げてくれた大切な羽織を、彼は鞍に括り付けると、疾風に告げた。

「空が明るくなっても私が戻って来なければ、お前は紅葉屋敷へ戻れ。いいか、もう一度申すぞ……」

二度告げたが、疾風の反応はなかった。知らぬ振り、に近かった。

政宗は柵柱にひっかけてあった手綱をはずしてやり、「頼むぞ」と疾風から離れた。表戸を開けるときに厩を振り向いてみたが、疾風はやはり知らぬ振りであった。

政宗は苦笑を残して、外に出た。真昼か、と錯覚しそうな皓皓たる月明りだった。

彼は田畑に囲まれて見通しの利く一乗寺街道に立った。

やがて蹄の音が、前方の森の奥から、微かに聞こえ出した。一頭ではなかった。間違いなく数頭の蹄の音だった。

その蹄の音に向かって、政宗は歩み出した。

蹄の音が、次第に近付いてくる。

双方の間が、急速に縮まっていく。

街道の右手すこし離れたところを流れていた一乗寺川が、流れの姿を変えて街道の直ぐ脇に河原を広げ出していた。

政宗の足が河原を右に見て止まった。

前方の森から月明りの中へ、一頭の栗毛が勢いよく飛び出した。続いて二頭……三頭……四頭……。

先頭の馬上の者が、彼方の政宗に気付いて、手綱を絞った。先頭に続く馬が手綱を左へ振って街道左脇の河原に出る。あざやかな手綱さばきだった。

そのあとの馬列が、次々と二頭目を見習った。

全部で八頭の栗毛であった。

八頭は暫く、その場から動かなかった。

政宗も動かない。左手の畑と右手の河原で、秋の虫がさかんに鳴いていた。

と、先頭の栗毛が、小駆けに政宗に近付いてきた。馬上の人は、身なり正しい侍であったが、非常に厳しい顔つきだった。

侍は一言も発せず、馬上からじっと政宗を見つめた。

政宗も、黙って見返した。こちらは涼しいまなざしだ。

と、侍は道幅狭い街道で巧みに栗毛の向きを変え、駆け戻っていった。

政宗は、ゆっくりと河原へ下りた。小石を敷き詰めたような河原で、足元は悪くはなかった。濡れてはいなかったし、しっかりと固い。

彼方では、言葉を短く交わし合った八名が、馬上から降り立った。そして、八頭の馬をその場に残し、政宗の方へ歩き出す。

政宗は八名に向かって力まず背すじを伸ばして立ち、左手を鯉口に触れた。

何処に寺があるというのか、不意に鐘が打ち鳴らされた。

ゴオオーンと重々しく鳴りわたる。

八名の侍の足が揃って止まった。政宗との間は、六、七間(けん)。

侍のうちの一人が口を開いた。

「正三位大納言・左近衛大将、松平政宗様とお見受け致しまする」

「いかにも左様」

無給の名誉官位でしかなかったが、政宗は敢えて釈明も否定もしなかった。

「お命頂戴つかまつる」

八名が一斉に抜刀し扇状に広がった。理由(わけ)も身分素姓も明かさず一方的に抜刀したことが、幕府粛清府懲罰班であることを語っている。

政宗は名刀粟田口久国をサラリと抜き放った。月光を浴びて刃が白銀色に光る。

八名は正眼。政宗は下段の構えであった。しかし恐ろしいのは、相手の剣の裏に潜んでいるであろう忍び業である。どう出てくるか、どう変化するか、予測がつかない。

八名が、ジリッと間を詰めた。政宗の夢双剣法について、どの程度の情報を得ているのか、いきなり打ちかかる様子が無い。

半眼となった政宗。その右足が目立たぬ動きを見せつつ左足の後ろへ移動し、栗田口久国の切っ先が静かに上がった。そして、大上段。

間を詰めた筈の八名が、足元の小石をすり鳴らして瞬時に一歩さがる。

政宗の足先から大上段の切っ先までが、月下で一本の線と化した余りにも美しい構え。栗田口久国が月明りを吸って青白く輝くその妖精の如き半眼の構えに、粛清府の手練れ中の手練れが息を飲む。

と見えた次の瞬間、八名が素早い動きで左右に大きく散開。政宗の真正面からたちまち対決者は消え去った。足音を立てることもなく。

けれども政宗は、誰一人いなくなった真正面に対し、微動もせず身構え続けた。刃の向きも、体の向きも、変えようとはしない。

政宗の視界から消えるが如く右と左へ大きく分かれた四人二組が、政宗の左右脇腹へ切っ先を集中させるかたちで、再び間を詰め出した。

それでも政宗は不動・半眼。

ここで四人二組のうち片方の一組が奇妙な動きを、見せ始めた。左手で刀を維持しつつ、右手をそっと懐に入れたり出したりを繰り返したのだ。べつに懐から、何かを取り出す訳でもない。

一体いかなる意味を有する動作なのか？

もう一方の四人が、仲間の意味なき？　動作を助けるかのように、切っ先を上下に揺らし出した。いずれにしろ二組の動きは、剣客の動きには程遠かった。八名は柳生新陰流、小野派一刀流、念流の皆伝者である筈だった。いずれも天下にその名を知られた一流の剣法だ。

その一流剣法の剣客としては、いささか不似合いとも言うべき奇妙な一連の動作だった。

つまりは『忍び動作』か？

そして政宗は、それを読み切っていての、不動・半眼なのであろうか？

およそ十数回、そっと懐に入れたり出したりを繰り返していた彼等の右手が、懐の中へ入った状態でフッと止まった。

深く下がった瞼(まぶた)の奥で、政宗の双眸(そうぼう)がギラリと凄みを覗かせたのは、このときである。彼の**半眼の構え**は、目に出現する微妙な変化を、相手に〝**攻めの呼吸**〟と気取(けど)られないようにするためだ。隠れ眼(かくがん)の構え、とも称する。

懐に入っていた四人の右手が目にも止まらぬ速さで滑り出、政宗に向かって八方手裏剣が月光を弾いて飛んだ。

いや、この時にはすでに身を翻した政宗が、それこそ放たれた矢のような速さで四人に迫っていた。

ほとんど彼等の面前近くで、粟田口久国が八方手裏剣三つを叩き落とし、一つが政宗の耳の下をかすめた。

八方手裏剣を防いだ粟田口久国が、それこそ唸(うな)りを発して袈裟(けさ)斬(ぎ)りに躍り、水平に走り、垂直に落ちる。右手で八方手裏剣を放つために、左手で刀を把持していた彼等に、落雷の如きその一瞬の斬撃を防げる訳がない。

袈裟斬りに胸を割られ、首を跳ね上げられ、右肩を叩っ斬られた三人が悲鳴を発する間もなく、もんどり打って倒れた。

一人が辛うじて、仲間四人の方へ激しく退避。そう、まさに激しい退避だった。

あまりにも力の差を見せつけられた政宗の圧倒的な剣さばきに、刀を下げて愕然となる五人。

「騙し業、忍び業は我に通ぜず」

五人を見据えて政宗は穏やかに言い切った。息ひとつ乱していない。それにも増して驚くべきことは、粟田口久国の刃に一滴の血も付いていないことだった。血のりが付く間もない、まさしく〝一瞬〟の割断剣法であった。この業、夢双剣法の教えにはない。

「柳生、小野派、念流の剣客として、かかって参れ」

政宗は再び半眼となって正眼に構え、付け加えた。

「その方ら五名、江戸へは戻さぬ。京へも入れぬ。それをなしたければ己が剣で我を倒せ」

聞いて五人も、サッと広がり正眼に構えた。刀身に微かな揺れも乱れもない、いい構えであった。さすが一流剣法の皆伝者。

無言の対峙が暫く続いた。

その無言が破られた。

「せいやあっ」

五人の内の一人が、裂帛(れっぱく)の気合を放った。政宗の五臓六腑を揺るがすほどであったが、それだけのことだった。政宗は、自ら攻めなかった。相手が攻めようとする其の時を、静かに待っていた。待ちの斬撃、だった。

「待ち構え」から「攻め」に移るその〝接点〟で生じる僅かな乱れに、一気に烈しく刃(やいば)を翻(ひるがえ)すのだ。

「りゃあっ」

また別の一人が、誘いの鋭い気合を放った。その気合が消えるか消えぬうち、河原を蹴って二人が政宗に挑みかかった。それより僅かに先、政宗が河原を蹴っていた。

粟田口久国が、右横面に矢のように襲いかかってきた相手の刃を峰で跳ね返し、返す刀で鼻先に迫ってきた刃を打ちおろした。火花が散る程の衝突ではなかった。

討ち損じたと判断して、剣客二人が柔軟に飛び退がる。いや、飛び退がった積もりであったが、政宗が離れず迫っていた。二人は即座に「防禦の攻め」に転じた。一人が面、面と激しく斬り込み、すかさず前後して、別の一人が胴、面と強烈に放つ。皆伝者の名に恥じぬ素晴らしい連携だった。〝忍び〟の臭いはなかった。剣客の業だった。

三本の剣が目に見えぬ速さで激突し、鋼と鋼が打ち鳴って青い火花が散った。

「うおっ」

叫んで一人がねじり倒れた。いつの間にか肘から先を斬り落とされていた。もう一人の小手に粟田口久国が、ひと息をも与えず打ち込む。相手がガツンと受けて退がった。政宗がスウッと追ってまた小手に打ち込んだ。相手がそれをもう一度受けようとしたとき、粟田口久国は下から斜め上へと走っていた。

刀身が白く輝き、さながら月が躍ったかに見える。

「おおっ」と、相手は背中から河原に思いきり叩きつけられた。肩の付け根から断ち斬られた右腕が、まだ宙高くを舞っている。月明りと遊ぶかのようにして。

それが河原に落下するのを待たず、政宗は残る三人に向き直った。

三人は待ち構えていた。

政宗の圧倒的な強さを見せつけられ、驚愕したにも拘らず、「恐れ」「力み」「憤怒」は全く見せていない。その特有の身構えに共通して表れているのは「静」であった。

「ほう。最後に残られしは柳生新陰流の御三人か」

「我等で政宗様のお命頂戴つかまつる」

「柳生新陰流は将軍家の剣法。いわば御留流。御三人がこの地で我が粟田口久国に討たれし場合、柳生一門の全盛期を築かれつつあられる将軍家御師範柳生宗冬様に、支障は及びませぬか」

「無用の詮索なり」

「左様か。では参られよ」

政宗が言い終らぬうち、一人が「静」を破っていきなり爆裂的に斬り込んだ。さすが柳生剣すさまじい打撃力であった。粟田口久国は受けたが政宗は思わずその打撃の重さに、足元の安定を欠いた。両者の刃が火花の鉄粉となって、月明りの中を飛び散る。刃毀れだった。柳生剣が休まず、首、首、首と烈火の如く政宗を打ちまくる。

あとの柳生剣二人はそれを黙って見てはいなかった。相手の攻めを右へ左へと蝶の如く避ける政宗の下肢めがけ、数本の棒状手裏剣を一気に放った。

二本がグサリと政宗の左大腿部に食い込み、その体がはじめて大きくよろめいた。見逃さず「死ねっ」と迸らせて踏み込んだ柳生剣が、避けようと上体をひねった政宗の左上腕部を叩く。

ふわりと蝶のように舞い上がって大きく退がった政宗を、更に三本の棒状手裏剣が追った。着地寸前に、粟田口久国がこれを跳ね返し、キンッカチンッと音立てて蛍火が散る。

河原に足着けた政宗が、ガクンと左膝を折り、このときになって叩かれた左上腕部から鮮血が噴き出した。柳生剣三人が、政宗の正面三方に肉迫。

が、政宗は素早く立ち直って粟田口久国を正眼に構えた。そして半眼。

柳生剣三人がハッとしたように慎重となる。ジリッと間を詰めつつ息を殺す三人。彼等の足の下で、河原の小石がこすれて鳴った。

政宗の右足がゆるりと左足の後ろへさがり、正眼の粟田口久国の切っ先が上がり出した。二本の棒状手裏剣が、着流しを脚に縫い付けるようにして食い込み、その着流しが鮮血を吸い始めている。

刃を相手側に向けた粟田口久国の峰が額に触れんばかりとなって、垂直となった。

上段でも大上段でもない、その異様な構えに、柳生剣三人の動きにようやく怯えが見え隠れした。

が、彼等は気付いていた。政宗の呼吸（いき）が次第に小さくだが乱れ出しているのを。対峙しつつ弱っていくのを待つか、それとも三者一斉に斬り込むか、二つに一つの選択をする時が目前に迫っていた。

三人のうちの一人が（気にくわぬ……）と、胸の内で呟いた。政宗の半眼を指しているのだ。〝気の変化〟が目の動きから読み取れないことに対する、苛立（いらだ）ちだった。

彼は足の下で、カリ……カリ……と小石を二度すり鳴らした。鳴らす道具は、何でもよかった。続けて二度鳴らせば一斉斬り込みを意味した。舌打ちや指鳴らし等は禁じられていた。自然さがなく相手に気付かれる危険がある。

一斉斬り込みを打診されたあとの二人が、僅かに切っ先を下げた。「承知」であった。

とたん、政宗が三人の内の一人に、風のように迫った。本当に風のように迫っていた。

迫られた柳生剣が応じた。出遅れてはいなかった。（気にくわぬ……）と声なく呟いた彼奴（あやつ）だった。二本の剣がぶつかった。瞬間、どちらかの刃が大きく毀（こぼ）れ、月明りのなか輝きながらくるくると舞った。鋼と鋼の激突音よりも、先に舞っていた。猛烈な速さの証（あかし）だった。

柳生剣が政宗の腋（わき）を狙った。粟田口久国が防いで相手の首へ斬り返す。それを左へ弾いた柳生剣が傷ついた政宗の左上腕部を再び打った。よろめいた政宗がしかし相手の剣を上に跳ね上げ、眉間への突きを繰り出した。あとの柳生剣二人は、手が出せなかった。目にもとまらぬ「攻」と「防」であった。まるで刻（とき）を要さぬ光のような凄まじい斬撃戦だった。ガチーン、ガツーンと連続的に打ち合う鋼音。

また、どちらかの刃が大きく毀れて、息を飲んで見守る二人の柳生の方へ一直線に飛んだ。

「あうっ」

その直後に叫びが生じた。粟田口久国が相手の両手首から先を斬り跳ねていた。刀を握ったままの敵の片手が水車のように縦に回転しながら、見守る二人の柳生の足元へ飛んだ。二人の目尻がクワッと吊り上がる。

「参られよ」

政宗は残った二人の方へ向き直った。両手首から血潮を噴き出し悶絶している敵は、もう眼中になかった。

柳生剣の一人が言った。断固とした口調であった。

「手当をさせて戴きたい」

「不承知」

「何故だ。すぐに済む」

「不承知。相手も剣士、我も剣士」

「非情な」

「非情とは笑止なり。我も忍び凶器で深手を負っている」

「…………」

「参れ。それとも自害して果てるか」

「なにいっ」

　二人の柳生剣が、右足を引いて身構えを改めた。改めたのが命取りであった。左脚左上腕部から血の玉を月下にまき散らしながら、政宗は躍り上がっていた。左脚から血の帯も垂れ下がっている。そうと見える程の出血だった。

　三本の剣が打ち合った。二人の柳生剣は出遅れていた。政宗の粟田口久国が、揃って斬り込もうとする敵二人へ、面、面、面、面、面と交互に放つ。交互であることを感じさせぬ、熾烈極まる稲妻剣法であった。光というよりは、閃光だった。にもかかわらず、政宗の動きは、ふわり、ふわり、と柔らかく舞っているかに見えた。

　粟田口久国の六撃目が、一人の横面をザックリと割る。大柄な体が朽ち木の如く横倒しとなってドスンと音を立てた。

　最後の一人が数歩を退がって、だらりと剣を下げた。戦意が消えていた。信じられぬ、という顔つきで呆然としている。

　政宗は、その剣士を見守った。

　やがて一人残された柳生新陰流の彼は別れを告げるかのように月を見上げ、そして河原に正座をした。

「政宗様、一つだけ、お聞かせ下され」

「答えられるものならば」

「政宗様の剣の流儀は？」

「流儀の名は無い」

「では、お教え導かれし恩師の名は？」

「それは申されぬ」

「左様でございますか」と頷いて、彼は腰の脇差を抜いた。

「介錯は？」と、政宗は訊ねた。

「要り申さぬ。首がつながったまま、あの世へ行かせて下され」

「承知した」

「では、ご機嫌よう政宗様」

　政宗は刀を鞘に納めた。

　一人残された柳生剣は政宗に向かって丁寧に頭を下げると、自害して果てた。

侍らしい、泰然たる最期だった。柳生剣の剣客らしかった。

ようやく政宗の端整な顔が、苦痛で歪んだ。

「いかぬな……」

受けた傷を検(み)た政宗は一つ息を吐くと、河原に座り込んで口笛を鋭く吹き鳴らした。指笛ではなく、口笛であった。耳に突き刺さるような、鋭角の感じられる音だった。

百姓家から、疾風が駆け出してきた。

「此処へ来てくれ疾風」

疾風は、いないて河原へ降りると、政宗のそばへやって来て首を低く下げた。

政宗が左手で手綱を、右手で鬣(たてがみ)を摑(つか)むと、疾風は静かに首を持ち上げた。

主人(あるじ)が傷ついていることを、理解しているかのような、首の持ち上げ方だった。

馬上の人となった政宗が、「疾風、寿命院だ。幾度も行っているから解るな。寿命院の真開和尚のところへ……」

そこまで言って、政宗は苦痛でまた顔を歪めた。激痛であった。

疾風が政宗の言葉を理解したのかどうか、河原から街道へ上がり、一乗寺村を目指して小駆けに走り出した。明らかに政宗を気遣っている走り方だった。

政宗は大腿部に食い込んでいる二本の棒状手裏剣を、抜かなかった。
抜けば大出血となる。
それにしても左上腕部と大腿部の出血は、かなりのものだった。
「この出血では駄目かも知れぬぞ、疾風よ。お前ともお別れかな」
政宗が苦笑しつつ言うと、疾風は次第に足を速めた。
月が雲に隠れて闇が訪れたが、疾風が速度を落とすことはなかった。

第十二章

一

政宗は目を醒ました。尤も、眠っていたという意識はなかった。

見覚えのある部屋であった。開けられた障子の向こうに望める庭にも、見覚えがあった。頭が少しずつ冴えを取り戻し、現実の中へ溶け込み出した。

(寿命院の真開和尚の座敷だ。疾風よ、よくやった……)

政宗は、さすがにホッとした。左上腕部にも、左大腿部にも痛みはなかった。左手の五本の指は屈伸できたし、左足の五本の指も動かせた。

(どうやら、また使える……)と思った政宗は、此処まで運んでくれた疾風の凄さを、改めて思い知った。いじらしくも思った。

廊下を誰かが、やって来る。真開和尚の足運びではない、と判った。

障子の手前、まだ姿を見せぬ位置で、足運びが止まった。

「ようございました。お気付きでございましたか」

早苗の澄んだ声だった。さすがに、政宗が目覚めた……いや、気付いたという気配を捉えていた。

「早苗か。此処にいると誰に聞いた」

「入って宜しゅうございますか」

「遠慮するな。お前は私の前で、大事な話を色々と聞かねばならぬ」

「失礼いたしまする」と、早苗が姿を見せ、縁に座して三つ指をつき頭を下げた。

そして、そのままの姿勢で続けた。

「我らが最も恐れていた懲罰班の八名をお倒しくだされ、感謝の言葉が見つかりませぬ。それがために深手までお負いなされ、如何にしてお詫び申し上げて宜しいのか、狼狽えるばかりでございまする。どうか、この早苗を厳しくお叱りくださりませ」

「顔を上げよ早苗」

「はい」と早苗は顔を上げた。

「私のそばへ参れ」

早苗は言われるまま、政宗の枕元に近付いて、また畳に両手をついた。

「その方は今、懲罰班の八名をお倒しくだされ、と申したの」

「はい、申し上げました」

「どうして私が八名を倒したと存じておる。そうと知っているのは私だけの筈」

「政宗様の名馬疾風によって知ることが出来ましてございます」

「なに、疾風が……」

「私の配下五名の者が、私の許しなく政宗様と接触したと知りたる日、私は直ぐにお詫び申しあげるべく紅葉屋敷をお訪ね致しました。けれど政宗様はすでに疾風で御屋敷を発たれたあとでござりました。私は心配で心配で母上様にお目にかかり全てを打ち明けました」

「自分の身分素姓その他すべてをか」

「はい」

「母上は、それを聞いて、どう申された」

「お泣きあそばされました。私のことが、哀れであると申されまして」

「そうか……母上は早苗のことを、哀れであると申されたか」

「それから政宗様のことを、名状し難い苛酷な修練を積み重ねて来ておるゆえ心配いらぬ、と申され、万が一手傷を負わされた場合は、疾風がおそらく寿命院へ運び込むであろう、とも強調なされました」

「それで、その方は寿命院で待機していたと申すか」

「はい」

「すると疾風が傷ついた私を運んできたのだな」

「はい」

「疾風はまこと凄い奴だ。私は意識を失い全く知らなんだ」

「夥しい出血でございました。私は真開和尚様の治療をお手伝い申し上げたあと、疾風に乗り配下五名の者と現場へ参りました」

「そうであったか……」

「手練れ八名の亡骸を見まして、政宗様の修練の凄さを知りましてございます」

「八名の亡骸は、いかがいたした」

「近くの小さな山寺へ、金子を包んで御願いして参りました。四人対四人の果たし合いのようであったと申し上げ……」

「早苗がそれだけのことを済ませたということは……私は幾日、気を失っていたのだ」

「まる五日でございまする」

「早苗はその五日の間、この寿命院に居続けたのか」

「傷が思いのほか深うございましたので、和尚様をお手伝い致さねばと思い……」

「胡蝶の店開きは、いかが致した」

「そっと静かに開店いたしましてございます。配下の五名の者と辻平内さんがよく助けてくれております」

「そうか。辻平内は胡蝶で働いておるか」

「政宗様」

「ん？……」

「早苗は政宗様よりお命を頂戴(ちょうだい)いたしました。この御恩、生涯忘れは致しませぬ。本当に有難うございました」

　早苗は額が畳に触れるほど頭を下げた。

「この前も言(ゆ)うたがな早苗。もっと自分というものを大事にするのだ。お前には刀や十字手裏剣などは似合わぬ」

「はい」

「判ればよい。面を上げなさい」

早苗は顔を上げた。目にいっぱい、涙があった。

「お前に似合うのはな、その稀に見る美しさに価する〝胡蝶小町〟という呼び名であろうよ。手練れ者であったことを忘れ、胡蝶小町の美しさを大事にいたせ」

「この早苗、これからはわが剣と命を、政宗様のためにお使いさせて戴きます。心身を一層研き知力を富ますよう努め、生涯お仕え申し上げまする」

「………！」

「早苗の御無礼、この日この場かぎりの一度きり、何卒お許し下されませ」

早苗は小さな声でそう言うと身を少し前に屈め、自分の唇を政宗の頬にそっと触れた。大粒の涙が、政宗の瞼の下に落ちた。一騎当千の手練れから、純真な熱い女に変わった瞬間だった。

決して実ることはないと判っている激しく切ない慕情が、彼女の豊かな胸を打ち震わせ、白い肌につつまれた肉体の内を音立て流れ出していた。

二

政宗の意識が回復したことで、翌日から早苗は一日置きに訪ねて来ることになった。

「胡蝶の客を大切に致せ」と、政宗に強く諭されたからである。政宗は、胡蝶が繁盛し祇園の大店へと歩み始めることで、早苗と五人の配下は必ず救われる、と読んでいた。祇園は、歓楽街への匂いを放ち始めたばかりの一画であった。それだけに政宗は、大料亭を成功させる絶好の機会ではないか、と思っていた。

早苗が寿命院へ来ない日は、配下の五人の内の一人が、交替で訪ねて来て、政宗の部屋に張り付いた。早苗に命ぜられ、まだ何が生じるか判らぬ〝万が一〟に備えて、政宗を警護しているのであろう。

紅葉屋敷の母千秋は、寿命院へは訪ねてこなかった。代わって女中のコウが山ほどの小言を手土産にして、一度だけ訪ねてきた。

母千秋が寿命院へ直接訪ねて来ないのは、おそらく早苗が容態に関し、きちんきちんと報告に出向いているからだろう、と政宗には判っていた。

そのようなある日、大異変が生じた。

朝日が差し始めたばかりの政宗の部屋の障子に二本差しの人影が映り、室内に張り付いていた藤堂貴行（とうどうたかゆき）という早苗の配下が片膝を立て懐へ手を入れたのである。

それを政宗が「待て……」と小声で押さえた。

「そこにいるのは誰か」と政宗は誰何（すいか）した。

「あ、松平先生。やはりこの部屋でございましたか」

「おう、その声は辻平内ではないか」

驚いたのは政宗よりも、早苗の配下、藤堂貴行であった。それもその筈。早苗も五人の配下も、政宗が寿命院で療養中であることは、平内には打ち明けていない。

「入らせて戴いても宜しゅうございますか先生」

「構わぬ。入れ」

藤堂貴行が渋い顔をつくった。

辻平内が障子を開けて、元気よく座敷に入ってきた。

とたん彼は、大きく目を見開いて驚き、政宗の枕元に座り込んだ。

「どうなされました先生。お体の具合でも悪いのですか」

「なんだ。見舞に来てくれたのではないのか」

「お床の中におられるなどとは、存じ上げませんでした。一体全体どういう事でございますか」

「落馬だ落馬。ここの境内裏の草地で乗馬の練習をしていて落ちたのだ。脚と腕を少し傷めてな」

「落馬……でございますか」

「わが家には二頭の馬がいるが、二頭とも手が付けられぬ暴れ馬でな」

疾風が聞くと怒り出すようなことを、政宗は言った。渋い顔つきだった藤堂貴行が、顔を横に向けて笑いを嚙み殺した。肩が小さく震えている。

「大病かと思いました。落馬程度でようございました」

「落馬程度とは何だ。剣客なら、傷ついた相手を気遣う言葉の深みというものを学ばねばいかぬ」

「はい、明日から必ず学びまする」

「まこと調子のいい奴だな。ところで、私がこの寿命院にいることを、どうして知ったのだ」

「女将や藤堂さん達が、決まった日に胡蝶から消えてしまうものですから、心配になって後をつけたのです。三度ばかり見失いましたが、昨日ようやく此処へ辿(たど)り着けました」

「ここへ辿り着けたからと言って、私がこの寺でお世話になっているとまでは判るまい」

「お刀でございますよ先生。私は先生のお刀を存じおります」

「ん?」

「昨日この寺に辿り着きましたるとき、ひと目で名のある刀匠と判る御老体が、先生のお刀を包みもせず大事そうに抱えて山門を出て行(ゆ)かれました」

「あ、そうか」と政宗は頷(うなず)いた。八名を倒したあの激闘でさしもの名刀粟田口久国も、小さな刃毀(はこぼ)れを四か所もつくっていた。それで昨日小僧に使いを頼み、陣座介吾郎に寿命院まで来て貰(もら)ったのだ。刀を裸のまま陣座に手渡してしまったのは注意不足であった、と政宗は胸の内で苦笑した。

「で、今日は何用で参ったのだ。この体の状態では半年や一年、立ち合いは出来ぬぞ」

「いや、今日は私ごとで相談に参りました。ちょうどいい、藤堂さんにも是非に聞いて戴きたいのですよ」

藤堂は顔を横に向け、聞こえぬ振りを決め込んだ。

どうやら辻平内は藤堂貴行と、いや早苗の五人の配下と余りうまくいっていならしい、と政宗は睨んだ。

「平内」と、政宗は枕元の辻平内を見つめた。

「相談ごととやらを聞く前に言っておきたい。その方、この座敷を訪ね来るのに、寺の者の許しを得たか」

「あ……」

「その方、自分の年齢をもう少し考えよ。剣が強いだけでは、この世は渡れぬ。もそっと礼儀作法を心得た動き方、話し方というものを修業せねばならぬ」

「はあ」

「それから紅葉屋敷を訪ねて参った時に言って聞かせた筈じゃ。訪ねる時の刻限を考えよと。寺は早起きだが、それでもまだ朝の膳(ぜん)が済まぬ刻限じゃ。相手の立場、状況、都合というものを、もそっと熟慮せよ」

「申し訳ございません」

「で、相談と申すのは？」

「わたくし、所帯を持とうと決意いたしました」

「なに？」

　思わず政宗は目を瞬(しばたた)いた。藤堂貴行は口をへの字に結んで、無言。

「平内よ、所帯を持つということは、妻を娶(めと)ることぞ」

「むろん、でございます。剣客修業の、一層の励みとなりまする」

「誰ぞ、よき女性(ひと)を見つけたと申すか」

「見つけました。ひとつ松平先生に間(なか)を取り持って戴きたく、御願いに上がりました」

「それはいいが、どのようにして暮らしを維持するのだ」

「胡蝶で一生懸命に働きます」

「女将が生活を維持するだけの給金を、約束してくれたと申すか」

「あのう、妻にしたいと思うているのが、その女将、早苗さんです」

「このおっ」と、藤堂貴行が辻平内に飛びかかった。早苗の政宗に対する感情を、知らぬ筈のない配下五人であった。どうやら日頃から「女将、女将……」と言い寄ろうとしていた辻平内なのであろう。それを五人の配下が黙って見ている筈がない。


藤堂貴行を押し止めた政宗が、辻平内に訊ねた。

「平内は自分の気持を女将に打ち明けたのか」

「はい。それとなく」

「それでどうであった」

「ただ笑っておられるだけでございました」

「どのような笑いだ」

「うーん。ごく普通の笑いと申しまするか、あまり意味を含まぬ笑いと申しまするか……」

「おい平内。そういうのは冷やかな笑いというのだ。お前は完全に無視されておるのだ」

藤堂貴行が横から大声を出して口を挟んだ。憤然としている。我慢ならねえ、という態であった。

辻平内が反論した。

「どうも変だ。藤堂さん、何だかあなたはいつも私と女将の間に入って邪魔をしているような気がします。藤堂さんと仲のよい他の四人の先輩がたもそうです。私が女将と二人だけになって話をし始めると、必ずといっていいほど私に用を言いつけたり話に加わってきたりする。なぜですか」

「女将に迷惑が及ばぬようにしているのだ。お前が恥をかかぬようにしてやっている、と言ってもいい」

「私の存在が女将の迷惑になっていると言うのですか。女将に近付くと私が恥をかくと言うのですか」

「その通りだ」

「なぜです。私は女将こそ自分の妻になれる最高の女性（ひと）だと思っています」

「判らぬ奴だな」

「何が判らぬのですか」

「じゃあ教えてやろう。女将には、すでに旦那様も子供さんもいるのだ」

「え……」

布団の中の政宗が「あーあー言ってしまった」という表情をつくって、横を向いてしまった。

「それ、本当なんですか藤堂さん」

「本当だ。子供は三人もおられる」

「三人も……」

「それはそれは可愛い子供さんたちだ」

「ご主人や子供たちはどうして女将と一緒に生活なさらんのですか」

「ご主人は胡蝶の二、三倍も大きくて立派な料理屋を、大坂で営んでおられるのだ。胡蝶は二番店で、今が最も重要な時期なんだぞ。繁盛し始めている今を、大事に大事に乗り切らねばならんのだ。それをお前は邪魔しようとしているんだ。判るか」

「はあ……」と、辻平内の体から力が無くなっていった。

「旦那さんというのは、有能であったと評価されていた侍の身分を捨て町人になった方なのだ。秀(すぐ)れた商才をお持ちの方なのだ。それに政宗様の無二の親友でもあってな」

「あ、それで女将も藤堂さんらも、頻繁に松平先生を見舞っていたのですか」

「そ、その通りだ」

政宗は大きな溜息(ためいき)を吐いてから、辻平内に声をかけた。

「平内よ」

「はい先生」

「お前は矢張り純粋で大きな奴だなあ」

「私が、でございますか」

「お前を料理屋へ押し込めてしまった私が悪い。すまぬ」

「そのような事はありませぬ。私は毎日を面白く働かせて戴いておりまする」

「平内よ。天下へ目を向けよ。そして剣と人間に磨きをかけよ。手厳しく手厳しく磨いてみよ。お前にはその方が似合っている」

「武者修業の旅に出よ、と申されますか」

「江戸はどうだ。将軍の膝元には錚々(そうそう)たる剣客が大勢いる。その中で揉(も)まれ苦労を味わってみよ。お前の剣筋はな、一つの流儀を誕生させるかも知れないと、私は見ている」

「先生……私の剣を……それほどまでに評価して下さっていたのですか」

平内の目が、みるみる真っ赤になった。

「今のお前は、幾度私と立ち合おうが勝てぬ。竹刀の先が私の体に軽く触れることさえ出来ぬだろう。剣の業が劣っているというよりは、その業を支える人間としての精神修業が著しく不足しておるからだ。人間を磨いてみよ平内。大剣聖と認められる人物になれ」

平内の両の目から、ポタポタと涙がこぼれ落ちた。彼は平伏して言った。

「有難うございました先生。この辻平内、目が覚めましてございます。江戸に出て剣と人間に一層の磨きをかけまする」

「そうしなさい。それでお前は、きっと輝き出そう。きっとな」

「輝くように致します。先生のお言葉を思い出しながら」

辻平内は畳に額をつけると「ご恩は忘れませぬ」と言い残して座敷から出て行った。

「山門まで見送ってやって宜しゅうございますか政宗様」

平内にきついことを言った藤堂貴行が、なんだかしょんぼりとして言った。

「そうだな。見送ってやりなさい」

藤堂が「はい、それでは……」と、座敷から飛び出して行った。

三

モミジが散り終えた京に初雪が降った日の早朝、政宗は寿命院から母千秋が待つ紅葉屋敷へ、療養の場を密かに移した。縫合した傷口が開く心配はなくなった、と判断されたためだった。

移送にはむろん疾風が用いられ、早苗の配下五名が腰に二刀を帯び、疾風の前後左右に張り付いた。むろんのこと、真開和尚と早苗も同行した。

久し振りに、わが屋敷の寝床に横たわった政宗は、障子の向こうから聞こえてくる鯉が跳ねるポチャーンという水音を、懐しく感じた。

寝床のまわりには、真開和尚と早苗、それに五人の配下が囲むだけで、母千秋の姿はまだなかった。漁師が初雪降るなか、沢山のシジミや川魚を届けてくれたため、熱い茶や菓子を出して応じているのだった。

「布団の重さで傷に負担が掛かっておりませぬか」

早苗が気遣った。

「大丈夫だ。痛みはもう、殆ど感じぬ」

「先程より何事かを考えておられる御様子でした。どのような事でもわたくしに、お申しつけ下されませ」

「いやなに、鯉が跳ねる水音を懐しく思ったり、辻平内は今頃どこでどうしているかな、と考えたりしていたのだ。まだ江戸には着いていまいな」

「いま少しかかりましょう。初雪の季節になりましたゆえ案外どこぞの温泉にでもひたって、のんびりなされておられるやも知れませぬ」

「その程度の余裕が持てる路銀を、与えてくれたのか」

「はい」

「すまぬ。すっかり迷惑をかけてしもうたな」

「迷惑などとは思うてはおりませぬ。政宗様のお言葉に胸打たれて、武者修業の旅に発たれた方ですゆえ」

　真開和尚が「ちょっと御方様を見てきましょうかの」と言いながら腰を上げ、座敷から出ていった。それを待っていたかのように、五人の配下も座敷の外に出て障子を閉めた。座敷が静まりかえった。

「のう早苗、念のために一つ訊いておきたい」

「はい」

「そなたの父、高柳正吾郎殿も母御も、すでにこの世の人ではなかったのであったな」

「はい、その通りでございます。父高柳正吾郎について、も少し詳しく申し上げれば……」

「よい。必要ない。早苗がこの世で一人であると判ればそれでよい」

「…………」

　早苗は、うなだれた。

「過去はもう全て忘れるのだ。たとえ『老中会議』の裏金で出来た胡蝶であっても、あの店が早苗の手腕で見違えるように大きくなれば、『老中会議』は一言も口出しできぬようになろう。あれは早苗の店ぞ。そう思うて励めばよい」

「…………」

「『老中会議』には、胡蝶へも早苗へも手は出させぬ。私がそばで見守るゆえ安心することだ」

早苗が小さく頷いて言った。

「わたくしは頼る身寄りを失いし天涯孤独の身ですけれど、このような身分低きわたくしでも、この御屋敷へこれからも出入りさせて戴いて宜しゅうございましょうか」

「構わぬ。家族と思うて母の元へも私の元へも自由に出入りしてよい。身分など関係ないわ」

「まことでございまするか」

「何を今頃になって妙な念押しをするのか。早苗はすでに幾度となくこの屋敷へ出入り致しておるではないか」

「あのう……」

「ん？」

「ご自害なされし権中納言従三位・万出小路家の桜子姫様とのご縁はいかがなったのでございましょうか。わたくしがこの御屋敷へ不用意に出入りすることで、政宗様と桜子姫様との御縁に支障は生じませぬか」

「万出小路家は当主の自害で絶家となりかけたが、朝廷のあと追しでご嫡男が後継者となって存続できそうであると聞く。桜子姫と私との間に、縁、などというものは何もない」

「まさか……そんな……」

「どうした。なぜ桜子姫にこだわる。それよりも、桜子姫の名をどうして存じおる」

「桜子姫様とそのお手先のかたに、わたくし襲われたことがござりましたゆえ」

「なんと」と、政宗は驚いた。

「政宗様に今後近付いてはならぬと」

「あの姫がそのような無謀を致したのか」

「わたくしに対し襲撃行動にまで出たということは、政宗様と桜子姫様との間に強いご縁が固まりつつあると思うた次第でございまする」

「襲うたその女、確かに桜子姫に間違いないか」

「配下の者が、即座に確かめましてございます」

「うむ」

「お体すぐれぬところ、ご不快なことを申しあげ、あい済みませぬ。お許し下されませ」

「いや、知ってよかった。だが、それも忘れてやることだ早苗。いまその事を蒸し返さば、万出小路家の存続がそれこそ危うくなり、その結果、新たなる悲劇が生じよう」

「蒸し返す積もりなどはございませぬ」

「うん、それでよい」

そこへ「待たせたようですね」と母千秋が座敷に入ってきた。真開和尚も早苗の五人の配下もにこやかに、千秋の後に続いた。座敷が一度に賑わった。

「どうじゃな政宗、傷の痛みの方は」

「この四、五日、痛みはすっかり消えました」

「危うかった命を、真開和尚様と早苗殿に救うて貰うたのじゃ。ご恩を忘れてはなりませぬぞ」

「そう思うております。疾風もよくやってくれました」

「ほんに賢い馬じゃなあ。あれがいなければ、その方はどうなっていたことやら」

「まことに。ところで母上、明日塾ですが、私がいなくともそれなりに動いておるようでしょうか。気になっております」

「神泉寺の和尚様と常森源治郎殿が、子供たちを相手に何とか頑張って下さっておるそうじゃ。その方が手傷を負うて戻ってきた翌日、早苗殿が私の所へ明日塾の件で相談に見え、そのあとてきぱきと動き回り手を打って下されたのじゃ」

「そうでありましたか。大変に苦労したであろうに、早苗は何も言ってくれぬのじゃな」と、政宗は視線を母から早苗に移した。

「そこが早苗殿の奥ゆかしいところぞ政宗」

「はい。充分に承知致しております」

　早苗が遠慮がちに口を開いた。

「政宗様。わたくしはその件で神泉寺の和尚様と常森源治郎様に、申し訳ないことを致してしまいました」

「申し訳ないことを？」

「そのことなら、この母から話しましょうぞ政宗。神泉寺の和尚様や奉行所の常森源治郎殿、そして明日塾の子供達に、その方が幕府の手練れ八名と死闘の果てに手傷を負うた、などと知られてはならぬゆえ、少し言葉を繕うようにと私が早苗殿に智恵を入れたのじゃ」

「で、どのように言葉を繕ったのです？」

「病、ということに致したのじゃ。安静が必要な少し長びく病、とな」

母がそのように器用な入れ智恵など出来る筈がない、と判っている政宗は、ただ苦笑するだけに止めた。

そのあと雑談となってから、コウや下働きの者の手でささやかな朝の膳が運ばれてきた。御飯は、米と粟が半々に混じったものだった。シジミがたっぷりと入った味噌汁は、皆に舌鼓を打たせた。初雪降る早朝に寿命院を発った皆は、まだ朝餉を取っていない。

シジミの香りと味を含んだ味噌汁は、皆の五臓六腑にしみ込んで、目を細めさせた。

朝餉が済むと、真開和尚と藤堂貴行ら四人は引き揚げていった。

屋敷には早苗と、配下五名の中では最年長の三十六歳、前橋弥市郎（まえばしやいちろう）が残った。

早苗は食後の洗い物などを手伝うために座敷を離れ、前橋弥市郎が政宗の寝床の脇に正座をして張り付いた。むろん、このときの政宗は、早苗の配下五人の名は全て承知している。

「雪が降ると静かだのう弥市郎。何の物音も聞こえぬわ」

「生き物の多くが寒さで動きを休めるからでございましょう。鳥の羽音、牛馬の蹄の音、人の足音や作業の音、鳴き声、話し声、叫び声なども恐らく減りましょうから、それだけでも世の中、静かになりまする」

「ははは
っ、そうよなあ」

「江戸に比べ、京はかなり寒うございます。気のせいでしょうか」

「比叡の山々から、冷え切った風が京へ吹き流れてくるからであろう。盆地の中のこの町は、夏は暑く冬は寒い。空気が町の外側へ逃げ出さぬからのう」

「春秋の京の自然はそれだけに、目を見張るような美しさです」

「江戸に帰りたくはないか弥市郎」

「滅相もございませぬ。早苗様の配下われら五名は一家の二男坊三男坊。それに五名が五名とも両親(ふたおや)は亡くなっておりまする。いわば帰る家を持たぬ身」

「そうであったか。それは初めて知った」

「京に骨を埋める積もりでおりまする。初めて経験しました胡蝶での水仕事、これが面白うてなりませぬ。新しい客、馴染(なじ)みの客、懐の貧しい客ゆたかな客、男客女客、若い客年寄りの客、とそれぞれ交わす話の内容が違いますゆえ、毎日が変化に富んでおりまする」

「調理場にも立つのか」

「それはもう……腕のよい板前がおりますから、ああしろ、こうしろと叱られてばかりですが」

「ははは。剣術のような訳にはいかぬな」

「まことに。ははは」

「それにしても、その方の竹刀胼胝(だこ)は凄いものだのう」

「これでございますか」と、弥市郎は十本の手指を開いて見せた。

その指を見つめながら、政宗は言った。

「その餅胝は竹刀のものと言うよりは、木刀だな」

「はあ、まあ……」

「その修練餅胝から見ると、五名の中ではその方が飛び抜けて手練れか」

「それ程の差はありませぬが、しかし早苗様にはとうてい敵(かな)いませぬ」

と、弥市郎は十本の指を膝の上に戻した。

「政宗よろしいか」と、障子の外から母千秋が声をかけたのは、この時だった。

「はい」と政宗が答え、弥市郎がするりと滑るように畳の上を移動して静かに障子を開けた。

「政宗すこし困ったことになりましたぞ」

「いかが致しました」

「そなたの長患いを耳にしたと、所司代永井伊賀守様が今、御見舞にお見えになりましたぞ」

「構いませぬ、お通しください。すまぬが弥市郎、その方は暫く台所脇の座敷にでも控えていた方がよい。裏庭に面した廊下伝いに行きなさい」

「承知いたしました」

弥市郎は一礼して、座敷から出ていった。

「母上、床の間の刀掛けに粟田口久国がないと、伊賀守様は不審に思われましょう。すみませぬが隣の座敷から代わりの大小を、持ってきて下さりませぬか」

「おお、そうじゃの」

母千秋が床の間の刀掛けに、隣の座敷から持ってきた代わりの業物〝福岡一文字〟を掛けた。これも、なかなかの名刀だった。

「伊賀守様はいま客間ですか母上」

「客間にお通し申し上げ、お寒いからと熱いシジミの味噌汁をお出しすると大層気に入られ、二杯目を御所望なされましてな」

「それはそれは」

「では、お連れ申し上げるから、くれぐれもきちんと粗相なく頼みましたぞ」

「はい。ご心配なく……横たわったまま応じさせて戴きまする」

「心苦しき作法じゃが、仕方ありませぬなあ」

母千秋が座敷を出ていくと、政宗は己(おの)が十本の手指をじっと見つめた。

永井伊賀守が母千秋に案内されてやってきた。

「これは政宗様。奉行筋より安静を要する長の患いとお聞き致し驚いて駈けつけましたが、ご容態いかがでございまするか。母君のお話では、回復ことのほか順調、とのことでございますが」

「ご心配をお掛け致し申し訳ありませぬ。いささか油断いたし体調を崩してしまいましたが、あと五、六日もすれば床を離れられましょう」

「おお、それは何より。して、このたびの病のこと、御所の方へは御知らせは届いておりまするか」

「あ、いや、伊賀守様。それらの方へはひとつ内分に御願い致したく」

「左様ですな。あと五、六日でお床を離れられるならば、無用の心配をお掛けしてはなりますまい。この伊賀守、心得ましてございます」

「有難うございます」

母千秋が、「ごゆるりとなされませ」と小声で言い残し、部屋から出ていった。

すると永井伊賀守は、正座していた位置を、政宗の枕元へ少し近付けた。

「実は政宗様、今日は気になる話をお持ち致しました。昨日、江戸勤番の所司代情報探索方同心が……」

「お待ちください。京都所司代はそのような役職の者を江戸勤番に?」

「はい。西の幕府、などと言われておりまする京都所司代ですが、所司代館に座り込んで江戸からの文書に目を通しているだけでは、江戸幕府の真の姿は把握できませぬ。また把握できねば、京都所司代は西の幕府として確固たる役目を果たせませぬ。そこで京都所司代より情報探索方同心を二名、江戸に勤番させ、政治経済の動向を余すところ無く把握させております」

「その勤番、むろん非公式でございますね」

「非公式です。表向きは〝江戸学習のため〟となっております」

「なるほど。確かに京都所司代としては、そのような役目を果たす者は必要でしょうなあ」

「その江戸勤番二名のうち一名が昨日、驚くべき情報を持ち帰りましたので政宗様のお耳に入れておいた方が宜しいかと思い……」

「左様でございましたか。お気遣い嬉しく思います。それで?……」

「その者の報告によりますと、幕府『老中会議』直属の手練れ集団のようなものが実在し、それに属する懲罰実行組織のような一団が近日京に向かうとか、すでに京へ入ったとか……」

「ほう。で、その一団の実体は摑めてはおらぬのですか」

「なんでも柳生新陰流の四名、小野派一刀流の二名、念流の二名、併せて八名の凄腕ということらしいのですが、正しい把握かどうかは今のところ、何とも申せないようで」

「その情報を把握した江戸勤番は、優秀な人物ですか」

「同心のままにしておくには惜しい、非常に優秀な人物です」

「となると、その情報の確度は、かなり高いと思わねばなりませぬな」

「政宗様と、お約束致しました私が幕府に対して動く件、あれこれと慎重の上にも慎重に詰めて参りましたが、これ迄に耳にしたこともない『老中会議』直属の手練れ集団とやらが活動を開始したとなると、私が幕府に対して動く件、少し様子を見なければなりませぬ」

「ええ、その方が宜しいでしょう」

「ご承知いただき安堵いたしました。それでは政宗様、私はこれより所司代へ立ち帰り、市中警備を厳重にさせまする。いかに『老中会議』直属の一団とは申せ、朝廷の監理と警護を司(つかさ)どる京都所司代へ事前の通告もなく京入りするなど不埒(ふらち)千万。この伊賀守承服できませぬ」

「ごもっとも」

「それではこれにて……」

永井伊賀守は去っていった。最後に残していった言葉が、政宗の耳には爽(さわ)やかだった。

政宗が呟く。

「柳生新陰流四名、小野派一刀流二名、念流二名……か」

「政宗様、入って宜しゅうございましょうか」

障子の外で、早苗の控え目な、澄んだ声がした。

「お入り」

「はい」

早苗が、温かな茶を盆にのせて入ってきた。

「ちょうど飲みたいと思うていた。早苗は私の心が遠くからでも読めるのだな」

「読めまする。大切な御方でございますから、どれほど遠くとも」

ひっそりと美しく微笑みながら、枕元に湯呑みを置く早苗であった。洗練された流れるようなその作法、とくに白い指の仕草が美しかった。

茶を飲むために政宗が上体を起こそうとすると、早苗が背に回って肩を支えた。

「左脚を力ませてはなりませぬ。力を抜いて早苗の胸にもたれなさいませ」

「こうか」

政宗は右脚を少し曲げ、手傷を負うた左脚は力を抜いて伸ばし、早苗の胸にもたれた。

背に、彼女の豊かな乳房の温かみが、すぐに伝わってきた。

「寒うはございませぬか」

「大丈夫だ。茶がうまいな」

「雪が降りますと、お茶の味は一層深まりまする」

「うむ……雪はまだ降り続いておるのか」

「はい。ひたひたと……初雪でございますのに、牡丹雪のように大きな」

「ほう」

「本当に寒うはございませぬか」

「この茶が、温めてくれておる」

「体が冷えますと、傷の治りが遅うなりますゆえ」

早苗は政宗の背を、豊かな乳房の内へ抱きしめるようにして、彼の両腕から胸へ自分の両手を回した。自分のために深手を負った政宗が、余程にいとおしいのであろう。彼女の瞳は、潤んでいた。

「これ、茶がこぼれる」

「こぼれたなら、拭いてさしあげまする」

「それよりも早苗」

「はい」

「粛清府懲罰班のことで、もう一度確かめておきたいことがある」

「何でございましょうか」

「私に顔を見せなさい。大丈夫、ひとりで座っておれる」

「はい」

早苗は政宗の横へ回り、差し出された湯呑みを受け取った。

「早苗は懲罰班に関して確か、柳生新陰流三、小野派一刀流三、念流二の併せて八名の凄腕集団とか申したな」

「はい。それに相違ございませぬ」

「長官(おかしら)であった早苗の知らぬところで、懲罰組織が二重になっていた可能性はないか」

「二重？……いいえ、そのようなことは」

「ない、と言い切れるのだな」

「私の目は、節穴ではありませぬ」

早苗の端整な顔立ちが、キッとなった。手練れ者の目つきであった。

「では懲罰組織の顔ぶれの一部に、その方の知らぬ内に手が加えられていた可能性はないか」

「わたくしの存じおります懲罰班の顔ぶれは、あの激闘ありました現場で遺体を確認致しましたる八名だけでございます」

「うむ」

政宗は考え込んだ。死闘を展開した一人一人の立ち回りを、思い出そうとした。

いずれも手練れ中の手練れ、と断言できる八名であったことには相違なかった。

だからこそ、これほどの手傷を負ったのだ。

「政宗様。懲罰班に関し、わたくしが申し上げた事とは異なる情報が、お耳に入ったのでございましょうか」

「京都所司代の情報探索方が、粛清府懲罰班の存在を把握するに至ってな」

「え……それでは先程お見えになられました永井伊賀守様が……」

「そうだ。早苗とは異なる情報を、お持ちになられた」

「そんな……どの点がどのように異なっていたのでございましょう。お教え下さいませ」

「その前にな、私も少し調べておきたいことがある。すまぬが早苗、隣座敷の書庫二段目右端にある〝柳生新陰流教練之書〟というのを持ってきてくれぬか」

「承知致しました」

早苗は隣室から持ってきた〝柳生新陰流教練之書〟を、政宗に手渡した。かなりの大冊であった。

政宗は、さらさらさらと教練之書をめくっていった。

早苗は政宗の後ろへ回り、彼の背に手を当てその姿勢を支えた。

「あった……矢張りそうか」

目を通し終えたそこを、政宗は自分の肩越しに、「読んでみなさい」と早苗に見せた。

「はい」と、読み進める早苗の顔色が、みるみる変わり出した。

「心当たりのある者がおろう、早苗」

「はい、おりまする」

そこに記されていたのは、柳生新陰流織月(せんげつ)剣眉間割(みけんわり)之業(わざ)に関する修練についてであった。木刀を手にしての修練の仕方が絵図で細やかに示され、この必殺の業を極める頃には両手十本の指に特徴ある固い胼胝(たこ)ができると記されていた。

その胼胝の図も描かれている。

「前橋弥市郎、彼は柳生剣をも使う。それも手練れどころではない猛者(もさ)と見る」

「あの口数の少ない実直な弥市郎が、隠(かく)し剣法を心得ていたとは……とても信じられませぬ」

「真の懲罰班は、永井伊賀守様の話によれば、柳生剣を使う者四名なのだ早苗」

「それでは、懲罰組織を組む者は併せて九名ということになりまする」

「そう考えてよかろう。それにな、私が倒した八名のうち、一人が妙な言葉を口にしたのを思い出した」

「妙な言葉を？」

「自害して果てた男が、私に、〝ご機嫌よう政宗様〟という言葉を言い残しおったのだ」

「あ……」

「どうした」

「〝ご機嫌よう〟はまだこの世に生ある仲間に対し報復を依頼する、粛清府の忍び言葉つまり暗号でございまする」

「前橋弥市郎に命を賭けて言い残した、無念の報復依頼暗号というのか」

「暗号というよりは寧ろ、心からの祈り、と申し上げた方が正しいかも知れませぬ」

「哀れな」

政宗が悲しそうに眉をひそめた次の刹那、天井が大音響を発して割れ何かが布団の上に落下。このとき政宗はすでに早苗を後ろへ倒れざま突き飛ばし、横へ二転三転して床の間の福岡一文字をわし掴みにしていた。

布団の上に落下した黒い何かがムックリと起き上がり、まだ姿勢整わぬ政宗の頭上から荒々しく斬り下ろした。間に合わぬと読んだ政宗が、唸りを発して下りてくる相手の刀を鞘のまま受け止める。

バチーンと大きな音を発して、鞘が砕け散った。

政宗は障子に向かって頭から突っ込み蹴破って、牡丹雪降る庭に飛び出した。

黒ずくめの相手が、それに続く。目の他は隠した忍び装束だ。早苗は政宗に突き飛ばされ、どこかで頭でも打ったのか横たわったまま動かない。

「弥市郎よさぬか。目を見れば、その方と判る。お前と刃を交じえる積もりはない」

相手は無言のまま斬り込んだ。聞く耳を持たなかった。一撃、二撃、三撃が政宗の傷ついた左上腕部に集中した。容赦なかった。阿修羅であった。

政宗が福岡一文字で、懸命に受ける。鋼と鋼の打ち鳴る音で、母千秋とコウら下働きの者たちが何事かと長い廊下を小駈けに駈けつけ、息を飲んだ。

「御方様こ、これは……」とコウが青ざめ震えた。

「コウ、狼狽えてはなりませぬ。夢双禅師様に鍛えられし政宗を、よおく見ておきなされ」

「は、はい」

政宗は、正眼に構えた。だが鞘屑が刀身に纏い付いていた。しかも深手を負う身である。不利であった。

弥市郎が下段で迫った。視線を政宗の傷ついた左脚に注いでいる。

と、見せて、「つあいっ」と跳躍ざま斬り込んだのが、首、首、面、面の四連打であった。福岡一文字が防ぐ。また防ぐ。蜜柑色の火花が散る。また散る。

四撃目を弾き返した福岡一文字が、眉間、眉間、眉間と大振りで豪快に打ち込んだ。その勢いで刀身に纏い付いていた鞘屑が吹っ飛び、福岡一文字の刃がようやく雪で白く染まった。

弥市郎が下段から中段へ、中段から下段へ、と刀身を上下させながら、政宗を睨みつけ迫った。その目に激しい憎悪がある、と政宗は読んだ。

突然、頭上の枝に積もっていた雪が、政宗の額に滑り落ち政宗の左目を塞いだ。

「むあん」

弥市郎が、足元の雪を飛ばして低く突っ込む。政宗の左脚を狙って、刃が水平に走った。

辛うじて受けた福岡一文字が、伸び切った相手の肘を打った。刃を裏がえすようにして受けた弥市郎の絶妙の防禦業。そこから突き、小手、突き、小手が繰り出され、福岡一文字も小手、小手、小手と反撃した。連打対連打、防禦対防禦の息する間もない凄まじい格闘であった。

鋼と鋼が激突し、双方の刃毀れが蛍火となって宙を舞う。

「弥市郎っ」

二歩退がって、政宗が怒鳴りつける。ぐいと目尻が吊り上がり、眼光烈々として弥市郎を見据えた。烈火の怒りが、政宗の全身から噴き上がっている。

「あれじゃコウ。政宗の真を、ようく見ておきなされ」

「は、はい。御方様……」

政宗が福岡一文字を下段に構え、右足を左足の後ろへ静かに滑らせた。

「うぬは、この政宗にどうしても人を斬らせるか」

「斬ってみよ。青二才剣法が」

言われた政宗が唇の端で、ふっと笑った。福岡一文字が下段からゆっくりとせり上がり、その峰が額に触れんばかりに垂直に立つ。牡丹雪の中、身じろぎ一つしない流麗なる身構えであった。

弥市郎が明らかに、黒ずくめの下で生唾(なまつば)を飲み込んだ。

政宗の瞼が下がり、半眼となる。もう完璧なる割断剣の身構えだった。

「いえいっ」

気合と共に踏み込んだ弥市郎は、政宗の眉間に峻烈(しゅんれつ)な〝眉間割り〟を打ち込んだ。いや、打ち込もうとした、と言うべきであった。その時にはもう、政宗の福岡一文字が空気を抉(えぐ)り取るように半回転して、弥市郎の両腕の内側に躍り込んでいた。

「ああああっ」

弥市郎の最後の絶叫であった。両腕が肩の付け根から断ち斬られ、牡丹雪の中を縁側に向かって飛んでいく。

ほんの暫く雪降る空を仰いでいた弥市郎が、雪の中へ仰向けにドサリと倒れ、両の肩から血潮が噴き出した。薄く積もった雪が赤く染まって広がっていく。

政宗は福岡一文字を、白足袋のままそばにやってきた母千秋に手渡した。

「大事ないか政宗」

「脚の傷にかなり辛い痛みがありますが、ま、大丈夫でしょう。それよりも母上、早苗を見てやってください」

「早苗殿を?……おお、これは大変」

早苗が座敷に倒れていると知って、千秋とコウは天井に大穴があいている座敷へ入っていった。

が、このとき早苗は、頭を振って体を起こしかけていた。

千秋が、起きようとする早苗の背中を支えた。

「あ、母上様……」

「おうおう、大事なさそうじゃな。さ、座敷をかえて少し休まれるがよい」

「政宗様は、ご無事でございまするか」

「心配ない心配ない。あの通り庭先で元気じゃ。不埒者は政宗が倒しましたぞ。さ、私の隣の座敷へ参るがよい。詳しい話は、それから聞かせて下され」

「母上様、先に政宗様の傷を見せて下さりませ」

政宗が庭から声をかけた。視線は血の海の中の弥市郎に注がれていた。

「大丈夫だ早苗。母上の言う通り、少し体を休めるがよい」

弥市郎は血の海の中で、まだ政宗を睨みつけていた。が、すでに息はない。

政宗は胸の内で声なく呟いた。

（弥市郎、お前もしや、早苗を好いていたな。その目にある憎悪の光は、嫉妬か。

その目、とても柳生剣を極めた者の目とは思えぬわ）

やりきれぬ、と政宗は雪空を仰いで溜息を吐いた。